Le Contrat

Vladimir Volkoff

Le Contrat

roman

ÉDITIONS DU
ROCHER
Jean-Paul Bertrand

ISBN 2 268 04309 6

Bien sûr qu'on doit pardonner à ses ennemis, mais pas avant qu'ils ne soient pendus.

Heinrich Heine

Chopin a écrit des valses, des nocturnes, des concertos, et aussi des études. Ceci est une étude en forme de variation sur un thème connu.
Graham Greene a écrit des romans et aussi des divertissements. Ceci est un divertissement.
Comme tout divertissement littéraire, il nécessite la complicité du lecteur, qui est instamment prié de lire les chapitres dans l'ordre où ils sont présentés et non pas dans celui de leur numérotation. Cela est indispensable à son plaisir.
Merci.

L'auteur.

Chapitre IV

LES ÉDITIONS MAUR THEYSSANDIER
seraient heureuses de recevoir
M. Serge Maltèse
jeudi 18 mai 198... de 18 à 20 heures
18, rue des Martyrs, 75018 Paris
RSVP avant le 1er mai

Serge examina le carton.

– Le dix-huitième : pas une adresse sérieuse pour un éditeur. Répondre plus de quinze jours à l'avance : ils doivent être radins pour les petits-fours. Dix-huit à vingt heures : il y a des privilégiés qu'on va emmener dîner. Bof ! un whisky à l'œil est toujours bon à prendre, si on arrive à déloger les rombières du buffet.

Serge n'était pas entièrement sincère avec lui-même. Il avait un manuscrit à placer et un auteur qui a un manuscrit à placer ne refuse jamais l'invitation d'un éditeur.

Il avait entendu parler des éditions Maur Theyssandier, bien sûr. Pas en bien. On disait qu'elles faisaient du compte d'auteur pour subsister, et puis, de temps en temps, des coups fumants, pas très recommandables, comme les fameux *Mémoires illustrés d'un pédophile*, qui avaient tiré à 400 000, entre un recueil de poèmes en alexandrins signés d'une baronne lesbienne et les souvenirs d'un sergent-chef-major de la Coloniale restés invendus. Il répondit qu'il irait : ça lui coûta un timbre.

Le 18, il fit toilette, c'est-à-dire qu'il prit soin de ne pas se raser et vérifia si son blouson de similicuir ne faisait pas trop neuf, si son jean n'avait pas l'air délavé de la veille, si ses tennis n'étaient pas un peu trop propres. Ce n'était pas que Serge fût sale sur lui, au contraire, il était plutôt du genre à s'astiquer, ce qui contredisait l'impression crado de gauche, qu'il aimait à donner, pour aller avec son style faux jeune, un peu journaliste, un peu photographe, anar-écolo, pas babacool, mais enfin, bon.

Il prit sa Mobylette.

Il aurait bien aimé avoir une moto, mais une moto ça fait macho. Il ne pouvait pas se permettre de pareilles libertés : il espérait une préface de Brigitte Bardot pour son bouquin. Il était sûr qu'avec une préface de Brigitte Bardot il trouverait facilement un éditeur. L'ennui, c'était que, pour l'instant, Brigitte Bardot ne répondait pas à ses lettres, mais il trouverait bien un moyen de l'approcher, de la convaincre. Il se payerait une Harley-Davidson une fois le bouquin paru.

Le 18 était un immeuble comme les autres immeubles, à cela près qu'une plaque de métal blanc recommandait aux visiteurs des éditions Maur Theyssandier de sonner au rez-de-chaussée à gauche. Au reste, il n'y avait pas besoin de sonner. La porte était grande ouverte et un brouhaha très parisien en sortait, comme la vapeur d'une bouilloire.

La grande époque des coquetèles d'éditeurs était passée, et, maintenant, même les starlettes figurant sur les bonnes listes ne réussissaient pas à se nourrir uniquement aux frais des marchands de livres. Jusque chez les plus grands, il n'y avait jamais assez d'extras et il arrivait qu'on prît garde à verser le champagne avec la mousse pour faire plus de coupes avec moins de bouteilles, mais Serge, qui n'avait pas connu les vaches grasses des années 60, trouva que les éditions Maur Theyssandier faisaient bien les choses : au buffet, il y avait du champagne et du whisky (en bouteilles de deux litres, il est vrai, ce qui manque d'élégance), il y avait des friands et des petits-fours ; les larbins passaient les plateaux de temps en temps, si bien qu'on pouvait se débarrasser d'un verre vide pour en prendre un plein ; et tous les Vadius et les Trissotin de l'heure, péroraient chacun dans son coin devant leurs basses-cours respectives et respectueuses.

Cela dit, les tentures violettes alternant avec les miroirs, l'absence de livres et la présence d'affiches aux murs – on commençait à dire « posters » (étant donné les objets uniformément représentés dessus, le mot était bien choisi) –, tout cela donnait aux salons octogonaux de Theyssandier une allure plutôt lupanar que maison d'édition, et, à Serge, le sentiment qu'il n'était pas exactement où il croyait être.

Il lorgna plusieurs cuisses d'attachées de presse et deux ou trois décolletés de directrices de collection, fit des gestes d'amitié sincère à des auteurs et à des journalistes qui ne le reconnurent pas, et se résignait déjà à passer cette soirée par profits et pertes, le coût du Vat 69 et du mélange deux-temps s'équilibrant à peu de chose près, quand soudain, dans un sillon qui s'ouvrait spontanément sous ses pas, Maur Theyssandier se précipita sus à lui. Serge crut d'abord que cet hommage s'adressait à l'un de ses voisins, mais, ne trouvant personne qui pivotât à sa gauche ni qui chancelât à sa droite, il se rendit volontiers à l'évidence: c'était à lui, l'obscur Serge Maltèse, que le maître des lieux en voulait.

Serge avait souvent vu des photos de Maur Theyssandier dans la presse – ce front large, dégarni, serein, cette carrure découplée, quelque peu disproportionnée avec une taille modeste, soulignée par des jambes trop courtes sous les vestons croisés – si bien qu'il le reconnut à première vue, mais, en même temps, il eut une hallucination: n'étaient les yeux bleu de Prusse, immenses dans leurs orbites, et le front, large, serein, sans une ride, il aurait pu croire qu'il avait devant lui Mimi, feu l'aspirant Mimi, qui, quelque vingt-cinq ans plus tôt, avait joué dans sa vie un rôle qu'il valait mieux oublier.

– Monsieur Maltèse? Quelle jouae! Quelle jjjouae de vous voir parmi nous! Que c'est bon à vous de vous être déplacé jusque dans nos parages! Vous connaissez tout le monde, bien sûr. (Un bras enveloppant.) Venez, je vais vous présenter encore quelques personnes.

Oui, d'accord, c'est Paris, ça ne veut rien dire, mais c'est toujours plus agréable que d'être reçu comme un chien dans une pétanque. Une question, cependant: comment Maur Theyssandier avait-il fait pour reconnaître Serge Maltèse dont, Dieu sait, la photo n'était pas placardée dans tous les journaux? Une agence, peut-être? À tout prendre, ce genre de question n'obsède pas trop douloureusement les écrivains qui débutent à quarante ans : il y a toujours une bonne raison d'être plus connu qu'on ne l'imaginait.

Des mains plus ou moins illustres se tendaient de tous les côtés vers celle, obscure, de Serge, et, de temps en temps, il apercevait dans un miroir octogonal encadré de violet son long visage maigre et jaunâtre sous sa barbe de trois jours – « Méfiez-vous des maigres », a dit Shakespeare – souriant bêtement de plaisir parce que d'illustres prétentieux lui serraient la pince. Derrière lui et en contrebas, le masque impérieux de Theyssandier ne souriait pas : les éditeurs ont toujours peur de sourire comme si, en ouvrant la bouche, ils allaient laisser échapper leurs dents en or, ou, depuis qu'ils portent blanches même les fausses, des bouchées entières de doublons.

– Marie, je te présente Serge Maltèse, dont tu as tant entendu parler. Ma femme.

Elle était blonde, frileusement pelotonnée dans un buisson de visons noirs aux reflets roux. Ses grands yeux gris écarquillés sous sa chevelure blonde coupée court et coiffée à la lionne donnaient l'impression qu'elle avait peur de quelque chose. Sa main pesa à peine dans celle de Serge.

– Oui, bien sûr, dit-elle vaguement. Bien sûr.

Elle devait dire « bien sûr » à tous les inconnus dont son mari lui disait qu'elle avait dû en entendre parler.

Elle avait un drôle de type. Pas Française, ça se voyait. Slave ? Germanique ? Une de ces Espagnoles qui descendent des Vandales ? Une de ces Siciliennes qui descendent des Normands ? Une de ces Libanaises qui descendent des Francs ? Impossible à situer. Plus jeune que Theyssandier. Des traits réguliers. « Mettable, se dit Serge, décidément mettable. » Il classait toutes les femmes en mettables et immettables.

Elle sirotait du champagne par petites lampées accélérées, comme si, incapable de boire à bonnes gorgées profondes, elle craignait à chaque instant qu'on ne lui arrachât la coupe.

– Dites donc, monsieur Maltèse, je suis fier de vous avoir fait sortir de votre retraite, disait Theyssandier. Vous ne faites l'honneur à personne. C'est de l'orgueil ou de la timidité ?

Serge, pour le moment, n'était pas encore dupe : il savait bien que, si on ne le voyait nulle part, c'était parce que personne ne l'invitait. Il cueillit un deuxième whisky sur un plateau qui passait et, soudain, en fut moins sûr : peut-être après tout qu'il refusait des invitations sans s'en apercevoir ?

Les présentations continuaient. Mme Theyssandier semblait s'ennuyer. Elle ne disait rien. Quand son mari lui présentait quelqu'un, elle levait sur la personne ses yeux de myope apeurée et murmurait « Bien sûr ». Serge sentait que le savoir-vivre lui commandait de circuler, de ne pas accaparer les maîtres de maison, mais il ne savait pas s'il devait s'éclipser comme par enchantement ou prendre congé : « Au plaisir. À la prochaine. » Finalement, ce furent les Theyssandier qui se laissèrent emporter par un flux de peuple et Serge se trouva plaqué contre un miroir. Il avait été présenté à trente personnes et ne savait à qui parler. Il décida de faire un effort : après tout, il ne faut pas bousiller ses chances.

Navigant entre les groupes de célébrités agglutinées comme un bateau de pêche parmi des icebergs, il arriva à retrouver un académicien auquel Theyssandier l'avait nommé tout à l'heure et qui lui avait fait mille amabilités. Serge sentait que « Maître » ou « Monsieur l'académicien » lui emporterait la gueule, mais il savait aussi que ces gens-là « se croient » et qu'il faut leur passer de la pommade si on veut se rendre populaire parmi eux. Les fourches caudines, quoi. Il se vengerait quand il serait célèbre à son tour en humiliant tous les jeunes auteurs qui tourneraient autour de lui.

– Et alors vous, Maître, hoqueta-t-il, qu'est-ce que vous nous sortez pour la rentrée ?

L'académicien le regarda en louchant des deux yeux et lui tourna le dos.

Serge se sentit aussi solitaire que dans les autres coquetèles où il s'était hasardé. Il retourna au buffet. Il grignoterait un peu, il picolerait un peu, il n'aurait pas perdu son après-midi. Il arriva à se faire une place entre deux conglomérats de femelles au rebut qui s'empiffraient et entreprit sérieusement de se sustenter lui aussi. Ce serait toujours ça de pris. Et tant pis si l'extra le regardait d'un mauvais œil, ayant déjà décelé en lui le pique-assiette à qui personne ne voulait parler. Il y avait quand même une différence entre un jeune écrivain même inédit et un larbin, non ?

– Ah ! vous voilà ! fit Theyssandier. C'est ici que vous vous cachiez ? Je me demandais si vous n'aviez pas filé à l'anglaise. Tout le monde vous cherchait. Ils sont repartis déçus de n'avoir pu vous parler un peu. Quelle drôle d'idée de s'embusquer derrière le buffet ! Décidément, vous devez être timide ou méprisant. Vous n'avez pas dit deux mots à Marie. Elle est folle de rage. N'est-ce pas, Marie ?

– Bien sûr, dit Marie.

Apparemment, elle n'avait pas quitté ses visons de toute la soirée. Son teint avait un peu rosi et ses yeux étaient humides.

Ce n'était plus la presse. Les importants étaient partis. Seuls ceux qui espéraient un contrat, ou une promesse de traduction, ou la confirmation d'un commérage, ou un écho dans un journal, ou une bonne fortune pour la nuit, traînaient encore. Serge pensa qu'il s'était humilié en restant si tard :

– Je partais.

– Ah ! mais non, vous n'allez pas nous faire ça. Marie vous en voudrait à mort. Vous savez ce que nous allons faire, plutôt ? Vous êtes libre à dîner ? Une petite croûte à la maison, à la bonne franquette, juste entre nous, ça vous dirait ?

Serge n'en croyait pas ses oreilles. Theyssandier se tourna, impérieux, vers son personnel qui, la soirée finissant, se rassemblait autour de lui :

– Julien, Marie-Claude, vous restez encore dix minutes et puis vous baissez les lumières pour qu'ils dégagent. Vous bouclez tout. Moi, je mets les bouts. Vous connaissez Serge Maltèse ? Vous entendrez parler de lui, si ce n'est déjà fait. Mon directeur littéraire, mon attachée de presse. Je ne vous dis pas à demain, vous deux, mais vous me téléphonez sans faute à l'*Algonquin*. Vous avez les horaires du Concorde ? Bon, alors, Serge, on y va, qu'est-ce qu'on attend ?

CHAPITRE V

Ils se retrouvèrent dans la cour pavée du 18 où Maur Theyssandier avait le privilège de parquer sa Légende. Un grand type en veste de daim et pantalon de velours côtelé, avec des aiguillettes au lieu de cravate, sa face ronde semée de taches de rousseur, tournait autour de Marie, comme s'il espérait aussi se faire inviter à dîner. Cependant, il n'avait pas d'air famélique.

– Vous repartez dans votre campagne, Roger, ou vous restez à Paris ? lui demanda-t-elle, comme pour dire quelque chose.

– Euh… je ne sais pas encore. Je ne vous ai pas vue du tout, Marie, fit-il d'un ton plaintif. J'étais venu pour vous voir.

– C'est vrai. Dans ces grands machins on ne se voit jamais.

Il dansait d'un pied sur l'autre, ce qui, avec son allure de cow-boy, le rendait comique.

– J'ai retenu une chambre au *France et Choiseul.*

Elle lui sourit :

– Je parie que vous ne vous êtes même pas aperçu qu'on l'avait refait à neuf et qu'il n'a plus le même charme.

Mais elle ne l'invitait toujours pas.

– Tu veux conduire ? lui demanda Theyssandier, peut-être pour mettre fin à cette situation un peu embarrassante.

– Tu sais bien qu'à Paris, j'ai peur.

Elle se dirigea vers la portière de droite. Roger la lui ouvrit et se pencha sur sa main.

– Montez derrière, Serge, dit Theyssandier, comme pour renvoyer Roger, qui, de son côté, oubliait de lui dire au revoir.

Serge n'en menait pas large : il n'allait certes pas refuser de dîner chez un éditeur, qui avait en plus une femme mettable, mais il ne pouvait abandonner pour la nuit sa Mobylette enchaînée à un réverbère.

– Donnez-moi votre adresse, bredouilla-t-il. Je vous rejoindrai.

– Mais non, allons-y ensemble.

Il fallut bien avouer, pitoyablement :

– Mais c'est que je suis à Mobylette...

Il y eut un instant de perplexité collective. Et puis Roger :

– Aucun problème. Vous la fourrez dans mon quatre-quatre. Je la dépose chez vous. Où la garez-vous d'habitude ?

– Dans la cour, mais ça vous ferait trop de dérangement... Je n'oserais jamais...

– Je l'y dépose et je donne la clef à votre gardienne. Ça vous va ? Où perchez-vous ?

Serge fit des manières. D'ailleurs il n'était pas si heureux que ça de confier sa Mobylette à un inconnu. Mais Mme Theyssandier le mit dans une situation impossible en lui disant :

– Vous pouvez faire confiance à Roger, Serge. Je le connais. Il en prendra grand soin.

Il ne lui resta plus qu'à donner de bonne grâce son adresse dans le dixième et à aller mettre la Mobylette à l'arrière d'une Land Rover, couverte de boue à mi-hauteur, que Roger avait garée sur des clous un peu plus loin.

– Vous n'avez pas de contravention, remarqua Serge, un peu vexé.

– Je n'en ai jamais. Je ne sais pas ce que c'est, répondit Roger en riant et en lui serrant puissamment la main.

On voyait qu'il faisait contre mauvaise fortune bon cœur.

– Je suis tout de même gêné, dit Serge.

Roger regarda sa montre :

– Vous bilez pas. C'est à peine un détour. Avant minuit, je suis dans ma cambrousse. Enfin presque.

Ses taches de rousseur lui donnaient un air enfantin bien qu'il fût près de la quarantaine.

Pendant ce temps, Theyssandier avait sorti la Légende bleu de nuit. Ses doigts gantés de pécari tapotaient le volant de bois.

– Alors, vous êtes prêts, on peut y aller ?

Les Theyssandier habitaient un immeuble moderne, tout cubique, tout blanc, tout fonctionnel, rue du Docteur-Blanche. La Légende une fois parquée dans le garage souterrain, on se tassa dans l'ascenseur particulier qui allait droit au onzième. Pendant quelques secondes, ces trois êtres se tinrent debout dans ce petit cercueil vertical dont une légère vibration trahissait à peine l'ascension. Il y avait quelque chose de gênant pour Serge dans cette intimité avec ce mari et cette femme qu'il ne connaissait pas et qu'il dominait d'une bonne tête. Il s'efforçait de ne tourner le dos ni à l'un ni à l'autre, mais c'était difficile. L'ascenseur s'était empli du parfum capiteux que portait Mme Theyssandier, mais l'eau de Cologne fraîche et virile de M. Theyssandier ne se laissait pas ignorer non plus. Serge se demanda si lui était assez propre : sans savoir pourquoi, il avait toujours l'impression de sentir mauvais.

Il pensa étrangement :

« En ce moment, le destin est en train de faire un nœud à son mouchoir. »

L'appartement des Theyssandier était un duplex. En bas, les chambres et les salles de bains. En haut d'un petit escalier en bois verni qui faisait songer à une échelle de yacht de luxe, des espaces s'étendaient, séparés tantôt par des murs de verre, tantôt par des rideaux, formant salon, bibliothèque, bureau, salle à manger, sans qu'on sût jamais très bien dans quelle pièce on se trouvait, et aboutissant à la piscine, laquelle jouxtait une terrasse, plantée de lauriers et de lantanas, d'où l'on découvrait le ciel et les toits de Paris que passait inlassablement en revue le double pinceau lumineux de la tour Eiffel. Les bruits de la ville étaient feutrés, les fenêtres et les réverbères qu'on apercevait de haut vous avaient un air d'illumination. Des plantes que Serge n'aurait su nommer croissaient dans des pots, des caisses, des jardinières : leurs feuilles grasses luisaient doucement, reflétant des ampoules invisibles. Theyssandier s'excusa et bientôt des toccatas de Bach alternèrent dans le silence avec des solos de trompette Nouvelle-Orléans.

Serge et Marie restèrent seuls dans la nuit de mai, accoudés au parapet qui longeait la terrasse. Serge ne trouvait pas un mot à dire et Marie paraissait contente de se taire. À un moment, cependant, comme une feuille sèche se détachait d'une des plantes, elle frissonna.

– Qu'avez-vous ? lui demanda Serge. Vous n'avez tout de même pas froid ?

Elle avait enlevé ses visons et portait une robe noire, toute droite, avec un clip qui brillait beaucoup.

– J'ai pensé, dit-elle, que c'était un papillon de nuit.

En bas, croisaient des voitures aux codes allumés qui s'évitaient prudemment, comme de gros insectes.

Theyssandier revenait, apportant des bouteilles de whisky sous les bras.

– Dedans ? Dehors ? demanda-t-il.

– Oh ! dedans, dit Marie. Il ne fait pas assez chaud.

Theyssandier haussa l'épaule :

– Celle-là, elle a failli mourir de froid dans son berceau. Bon, assez bu de saletés aux noms obscènes. J'espère que vous aimez les purs malts ? Tourbé ou pas tourbé ?

– Euh..., tourbé, bien sûr, dit Serge, qui n'avait jamais goûté ni l'un ni l'autre.

Ils étaient rentrés dans une espèce d'aquarium où s'allongeaient des divans, les uns noirs, les autres blancs, autour d'une table basse en verre épais, sur laquelle on aurait pu jouer au ping-pong en se mettant à genoux. Une fois qu'on était tombé dans un de ces divans, on savait qu'on ne s'en relèverait jamais.

Theyssandier disparut une fois de plus. Serge remarqua que la jupe de Marie s'était relevée et qu'elle avait de très jolis genoux, à la fois ronds et graciles, amorçant des cuisses prometteuses. Theyssandier revint.

– Cette Khedidja ! fit-il agacé (Serge remarqua qu'il

prononçait la première consonne comme une *jota*, à la façon des Arabes). Elle sait pourtant bien que j'aime les angles droits. Pourquoi ne peut-elle jamais remettre le Beni-Izguen comme il doit être ? C'est à croire qu'elle dit ses prières dessus. (Il rit.) Je suis un vieux maniaque. J'espère, Serge, que vous ne nous en voudrez pas trop si nous passons rapidement à table. J'ai cet avion à prendre demain.

C'était un repas froid, servi sur une table de marbre noir écrasant quatre tiges d'acier chromé. L'argenterie était lourde dans la main et la serviette crissait contre la bouche. « Je ne me doutais pas que ça rapportait si gros, l'édition, surtout quand on ne réussit qu'à moitié », pensa Serge. Theyssandier versait le champagne et le sauternes et indiquait par gestes à sa femme quand elle devait reproposer le saumon fumé, le foie gras, la glace aux fruits de la passion. La conversation était légère, allusive, un rien coquine. Theyssandier racontait des histoires drôles :

– Savez-vous ce qu'une femme dit *après* ? Eh bien, cela dépend. La Française dit : « Bravo. Bis. » L'Allemande : « Hans, n'est-ce pas que nous avons bien transpiré ensemble ? » L'Anglaise : « Et maintenant, tu te sens mieux, Johnny ? » L'Américaine : « Il faut recommencer sens dessus dessous pour que nous soyons à égalité. » La Russe : « Mais tu n'auras pas mon âme. »

– Et que dit la femme arabe ? interrogea Marie. Tu veux que je demande à Khedidja ? (Elle prononçait Rédidja, à la française.)

Theyssandier réfléchit une demi-seconde :

– La femme arabe ne dit rien. C'est l'autre femme arabe qui dit : « Demain, c'est mon tour. »

Marie riait des yeux seulement.

Serge se demandait pourquoi il avait été invité et essayait de se tenir le mieux possible. Mais il se dit tout de même qu'il devait profiter de l'occasion et mit la conversation sur l'édition : quel métier passionnant ce devait être ! Lui-même venait de terminer un manuscrit sur les kangourous.

– Sur les kangourous ? s'étonna Marie.

– Oui. Non. Enfin plutôt contre la chasse aux kangourous. C'est une race qui risque de disparaître. J'espère avoir une préface de Brigitte Bardot.

– Mais pourquoi les kangourous ? Vous connaissez l'Australie ?

– Oui. Non. Enfin j'ai pensé que ce serait un sujet d'actualité. C'est si maternel, ces bêtes-là. (Serge cafouillait.) Vous ne connaîtriez pas, monsieur Theyssandier, un éditeur que mes kangourous pourraient intéresser ?

Theyssandier mangeait son foie gras à la fourchette. Serge en avait innocemment collé une plâtrée sur son toast.

– Je m'appelle Maur, Serge. C'est un drôle de nom, mais c'est celui que mes parents ont choisi. J'ai eu du mal à apprendre à ma femme à ne pas dire « mort » mais « môre ». Écoutez, vos kangourous, vous devriez les lui faire lire : c'est ma meilleure conseillère. Je ne vous promets pas que ça va être un best-seller, mais ça pourrait faire ses frais.

Serge, qui n'avait jamais publié que des articles, déposa sa fourchette :

– Vous voulez dire que, si l'avis de Mme Theyssandier était bon, vous publieriez peut-être mes kangourous ?

Theyssandier le regarda :

– Elle s'appelle Marie. Si l'avis de Marie est bon, vous pouvez dire que c'est dans la poche. D'ailleurs, ce ne serait peut-être pas un mauvais titre : *Dans la poche !* Avec une photo d'une belle kangourette et la tête du kangourillon qui dépasse. Qu'en penses-tu, Marie ?

Marie souriait :

– Je suis contente que vous soyez contre la chasse au kangourou.

On changea d'aquarium pour prendre le café et le bas armagnac. Renversé sur le divan noir, Theyssandier étendit ses courtes jambes devant lui, fit tourner l'armagnac dans le ballon, renifla, dégusta une gorgée et dit :

– Vous savez, Serge, j'ai une proposition à vous faire.

CHAPITRE VI

– J'ai en tête, reprit-il après une autre gorgée, un ouvrage collectif, écrit par des spécialistes, et dirigé par Marie qui en serait le maître d'œuvre. Elle aurait besoin d'un adjoint, disponible, débrouillard, capable d'aller voir des gens, même un peu loin, et possédant ce que j'appelle une plume, c'est-à-dire sachant écrire non pas sans fautes d'orthographe, ça se corrige, mais d'une façon à la fois pointue et débonnaire, si vous voyez ce que je veux dire. Nous discuterions bien sûr des conditions – je pensais un mi-temps, en tout cas au début – et vous travailleriez avec ma femme, si ça ne vous répugne pas trop. (Marie demeurait impassible.) Le livre serait illustré. Il s'appellerait *Encyclopédie universelle de la torture* et répondrait exactement à son titre.

Serge Maltèse regardait son hôte, bouche bée :

– Mais, monsieur Theyssandier, vous ne savez pas comment j'écris !

« Quel est ce piège ? » se demandait-il à part lui.

Theyssandier sourit avec indulgence.

– Ah ! nous autres éditeurs, vous savez, nous ne sommes pas des gens d'une délicatesse excessive. Nous employons des lecteurs, et ces lecteurs travaillent pour plusieurs maisons. Il y a celles qui les paient régulièrement et il y a celles qui donnent des bonis aux rabatteurs. On s'arrange comme on peut. Vous n'auriez pas donné vos *Kangourous* à lire à un éditeur ?

– Si, plusieurs. Ils m'ont répondu, dans l'ensemble, que c'était trop beau pour entrer dans le cadre de leurs collections.

– Eh bien, mes compliments, vous en avez choisi de polis. Mais j'avais un rabatteur sur place, ce dont je me félicite d'autant plus que je commence à vous connaître.

– Et ce n'est pas vous-même qui dirigerez l'*Encyclopédie de la Torture* ?

– Non. Dans l'armée on dit qu'un bon officier ne fait jamais rien, qu'il ne laisse rien faire, qu'il fait tout faire. J'ai dû apprendre ça pendant mon service militaire. J'aime faire faire. Marie est aussi compétente que moi.

Service militaire ? Le souvenir de l'aspirant Mimi revint à l'esprit de Serge, mais l'aspirant Mimi était mort et bien mort : la ressemblance ne pouvait être que fortuite. D'ailleurs elle reposait plutôt sur une allure générale que sur des traits semblables. Et l'aspirant Mimi n'était pas du type à citer des devises d'officier : lui, ce n'était pas jugulaire-jugulaire, c'était copain-copain.

– Eh bien, il faudrait réfléchir. Moi, vous savez, la torture, je suis contre.

– Il ne s'agit pas d'en faire l'éloge, dit Theyssandier un peu sèchement, comme si la sottise de Maltèse l'agaçait. Il s'agit d'en répertorier les méthodes de l'Antiquité à nos jours, d'en examiner les conséquences possibles, de raconter les affaires les plus croustillantes, de consulter des médecins qui ont eu à traiter des cas, éventuellement d'interviewer des tortionnaires si on en trouve. Ce serait piquant et on leur garantirait l'anonymat. Et tout cela doit être écrit dans un style qui tient du compatissant et du pince-sans-rire. Vous seriez capable ?

– Par la torture, vous entendez seulement la question ? demanda Serge. Ou tous les mauvais traitements en général ? Le pal, c'est une torture ou c'est un supplice ?

– Il y a justement là une décision à prendre. Vous verrez ça avec Marie qui doit avoir ses idées sur la question. Bon, maintenant, restez tant que vous voulez, mais ne m'en veuillez pas : je vais me pieuter. J'ai encore un peu de travail et un avion à prendre demain matin.

– Non, non, dit Serge en s'extrayant péniblement de son divan, je vais vous quitter.

Malgré ses courtes jambes, Theyssandier jaillit du sien sans effort.

– Très bien. Marie vous accompagnera.

– Pas question. J'attraperai un métro.

– Ça m'étonnerait qu'il y en ait encore, dit Theyssandier. Je n'utilise pas beaucoup ce mode de locomotion, mais enfin il est une heure et demie passée.

– Alors, soupira Serge, vous pouvez m'appeler un taxi ?

– Non, non, dit Marie, en agitant déjà les clefs de la Légende, je vous ramène, aucun problème.

– Mais je croyais que vous n'aimiez pas conduire dans Paris ?

– J'aime bien conduire la nuit.

Visons. Poignées de main.

– N'oubliez pas de passer vos *Kangourous* à Marie. Et rappelez-moi en milieu de semaine prochaine. Ciao.

Cette fois, ils ne furent que deux dans l'ascenseur. Il y avait davantage d'espace et Serge se rencoigna pour n'être pas suspect de vouloir effleurer Marie. Il lui tint la portière de la Légende, pour faire comme Roger. La voiture pénétra en ronronnant dans la nuit de mai.

– Où est-ce ? demanda Marie.

– Le dixième.

Elle, sans expression :

– Mais où est-ce le dixième ?

– Stalingrad, République…

Elle secoua la tête, perplexe :

– Guidez-moi.

Elle conduisait bien, attentive, prudente, rapide. Sa jupe s'était de nouveau relevée et son genou luisait sous le collant, comme un œuf rose, à portée de la main de Serge. Il pensa qu'il devait soit faire soit dire quelque chose.

– Ça vous intéresse, la torture ? demanda-t-il.

Elle inclina légèrement la tête, passa sa langue sur ses lèvres et répondit :

– C'est ce qui me fait le plus peur…

Elle lui coula un regard latéral :

– Quand l'homme devient un sous-homme.

– Le tortionnaire ?

– Les deux. D'ailleurs, ajouta-t-elle, les lecteurs sont de tels salauds que je suis persuadée que ça se vendra très bien. La plupart du temps, Maur a un instinct pour ce qui se vend. Mais si vous voulez rester avec vos *Kangourous*… C'est sans doute plus innocent.

Ils ne dirent plus grand-chose jusqu'à la rue de la Grange-aux-Belles, dont le nom poétique est si trompeur. Marie s'arrêta en double file devant l'immeuble qu'il lui indiqua. On ne pouvait pas dire qu'elle eût une attitude provocante, mais il ne sentait pas non plus en elle ces défenses tacites que les femmes savent si bien ériger quand elles le veulent. Elle semblait inerte mais pouvait être réceptive. Qu'attendait-elle de lui ? Qu'il lui fît des avances ? Qu'il allât se coucher ? Elle se taisait. Il ne voulait certes pas manquer la chance galante qui s'offrait à lui, mais il ne voulait pas non plus bousiller la chance professionnelle. Ils se regardaient, chacun tassé dans un coin de la voiture, elle le menton posé placidement sur la fourrure, respirant calmement, un peu vite peut-être ?

– Eh ben…, fit-il.

Il avança la main, la laissa retomber. Comme par hasard, elle retomba sur le genou qui brillait dans l'obscurité.

Marie Theyssandier ne réagit d'aucune manière. Aucune.

Il laissa sa main en place quelques secondes, puis, intimidé, la retira.

– Oh ! pardon, fit-il bêtement. Ce n'était pas le levier de vitesse.

– Ni le frein, répondit-elle posément, sans qu'il eût la moindre idée de ce qu'elle voulait dire.

Il finit par prendre la décision de rentrer sans insister. Il serait bien monté chercher ses *Kangourous*, mais pouvait-il le faire sans proposer à Mme Theyssandier de monter avec lui et comment pouvait-il savoir si Mme Theyssandier ne le prendrait pas mal ?

– Oui, non, eh ben… Eh ben, bonsoir.

– Bonsoir.

– Merci beaucoup. C'était sympa de votre part. Je peux vous téléphoner ?

– Bien sûr.

– Où ça ? Au bureau ?

– Je travaille plutôt chez moi.

– Alors je vous appelle chez vous ? Vous n'êtes pas sur la liste rouge ?

– Si. C'est moi qui vous appellerai. Bonne nuit.

Et les lèvres de Marie se froncèrent presque imperceptiblement, comme en une ébauche inachevée de baiser.

Il descendit, fit un pas en direction de sa porte, puis se rappela que le savoir-vivre l'obligeait à attendre qu'elle fût partie pour rentrer. Soudain la glace s'ouvrit et le visage blond et angoissé, coiffé à la lionne, se pencha :

– Serge, est-ce qu'il y a une madame Maltèse ?

– Non, depuis bien longtemps.

– Vous voulez dire... pas de madame Maltèse du tout du tout ?

– Il y a bien quelques mesdemoiselles Maltèse épisodiques...

Où voulait-elle en venir, bon Dieu, où voulait-elle en venir ?

– Mais on vous invite seul ? C'est ce que j'avais besoin de savoir.

– Ben oui, on m'invite seul.

– Bien sûr.

La Légende bondit.

Ah ! les bourges !

Serge alla vérifier si sa Mobylette était bien rentrée : elle l'était.

Chapitre VII

Après le départ de sa femme et de son invité, Maur Theyssandier s'était versé encore un pleur d'armagnac et avait éprouvé le besoin d'aller dans cet autre aquarium qu'était son bureau pour y pianoter sur son ordinateur. Il aimait, prétendait-il, lui dire bonsoir avant d'aller se coucher. En réalité, il y tenait son journal.

Puis, une bonne douche dans la salle de bains de Monsieur, pas de piscine, ce soir, ni de Jacuzzi, les dents brossées, les lentilles de contact enlevées, et, s'étant frotté un peu partout d'eau de Cologne à la bergamote, Maur se mit au lit. Une drôle d'affaire que ce meuble qu'il avait fait venir des États-Unis : rond et avec un miroir pour ciel de lit. Il en avait attendu des miracles qui, hélas, ne s'étaient pas réalisés.

Sa femme, pensait-il, ne tarderait plus. Il n'éteignit pas.

Et en effet, la voilà déjà qui rentrait. Elle passa sa tête dans la porte entrebâillée de la chambre :

– Tu ne dors pas ?

– Non, dit-il d'un ton significatif.

– Je ne serai pas longue.

– Tu n'as pas eu peur en ville ?

– Non, non.

– Ni dans le garage en bas ?

– Je savais que tu étais là. Quand tu n'es pas loin, je n'ai jamais peur.

Il entendit des bruits d'eau dans la salle de bains de Madame, et bientôt Marie en émergea, portant un déshabillé rapide à retirer. Elle fit le tour des lampes pour baisser les lumières, ne laissant que celle qui éclairait en plein le lit : elle savait que Maur y tenait pour commencer. Elle s'allongea à côté de lui. Il se releva sur un coude et lui demanda de prendre diverses postures, l'admirant tantôt sur la couverture, tantôt dans le miroir au-dessus d'eux. Elle faisait avec concentration tout ce qu'il voulait, sans prononcer un mot, se mordant à peine un peu la lèvre inférieure, se roulant, s'étirant, s'exhibant à plaisir.

Soudain il éteignit. Quelquefois, il préférait l'obscurité.

Au bout d'un très long silence, après quelques gémissements de rage, un sanglot éclata dans la nuit :

– Je regrette, Marie. Il faut que tu mettes tes lunettes.

Elle ralluma la petite lampe en jade sur la table de chevet et plongea la main dans le tiroir. Elle y trouva une paire de lunettes toutes rondes, à monture d'acier, qu'elle se mit sur le nez et qui lui donna aussitôt l'air d'une adolescente perverse.

– Ça t'aiderait si je mettais aussi un appareil dentaire pour faire encore plus « âge ingrat » ? demanda-t-elle sans méchanceté.

Il rit malgré son humiliation.

– Tu en as déjà porté un ?

– Jamais. J'ai toujours eu des dents parfaites.

Le lendemain matin, il lui apporta son petit déjeuner au lit, sur un plateau d'argent, avec une rose rouge, comme les maris idéaux dans les films américains. Elle lui sourit de bonheur. Après tout, lunettes mises, il ne s'en était pas si mal tiré que ça. Mais lui paraissait triste. Pendant qu'elle prenait son thé de Chine, il s'assit sur le lit, tordit un peu le drap.

– Marie, je voulais te dire...

Soudain il fixa sur elle ses yeux bleu de Prusse :

– Tout ça ne doit pas être très drôle pour toi. Je ne suis pas si vieux. Je ne suis pas malade... Mais aussi, je ne suis pas toujours là... Je ne te surveille pas... Je te demanderai deux choses.

Elle reposa sa tasse, lui prit les mains :

– Tout ce que tu voudras, mon amour.

– Premièrement, ne me quitte pas. Jamais.

– Je ne te quitterai pas. Jamais.

– Deuxièmement, je ne veux rien savoir.

– Tu ne sauras rien.

Elle rit d'un joli rire de gorge :

– Tu sais, je ne suis pas une ogresse.

Il se releva d'un coup : ses jarrets et ses cuisses étaient parfaitement opérationnels.

– Bon, fit-il. Je te téléphone en arrivant à New York.

Il lui effleura le front des lèvres.

Un pétale de la rose qu'il avait apportée se détacha.

CHAPITRE VIII

Marie était encore au lit, quand Khedidja arriva avec une douzaine de roses roses dans les bras.

– J'ai regardé la carte, dit-elle. C'est Monsieur Roger qui t'envoie ça par Interflora.

Khedidja était une grande fille, bien découplée et rieuse, la quarantaine, avec des tatouages violets sur le front et sur les poignets, mais habillée à l'européenne, encore que de façon voyante, du violet, du vert, du jaune, savamment mélangés avec un goût exotique : un peu à la perruche, mais la perruche raffinée. Elle parlait le français avec correction sans guère d'accent, sauf lorsqu'elle s'amusait à jouer les moukères de comédie, ce qui lui arrivait la moitié du temps et la faisait mourir de rire.

Elle jeta les roses sur le lit rond et montra la carte :

Avec les remerciements de Roger d'Estreyssac
pour un succulent dîner. Ha ha !

– Celui-là, dit-elle, il est si drôle, si gentil. Si j'étais toi...

– N'oubliez pas que je suis une femme mariée, dit Marie.

Khedidja pouffa de rire.

– Il n'a pas dîné ici, hein ?

– Non, fit Marie. M. Theyssandier voulait avoir M. Maltèse tout seul.

– Bon. Qu'est-ce que tu veux je fais ce matin ?

– Faites le bureau : comme il est parti, vous ne le dérangerez pas.

Khedidja monta avec aspirateur et même plumeau pour épousseter les masques africains et les sculptures modernes dont s'ornait le bureau du maître, qui se trouvait juste au-dessus de la chambre à coucher.

– Ils sont fous, ces Francis, dit-elle à haute voix. Ils prennent ça pour de l'art. Quand je mettrai des masques de cannibales chez moi !...

Marie alla la rejoindre en kimono rose, une tasse de porcelaine rose à la main : elle faisait toujours traîner son thé du matin. Adossée à une bibliothèque contenant des reliures de Legrain et de Bonnet, elle sirotait son thé vert Gunpowder, par petites gorgées avares, comme le champagne.

– Surtout ne touchez pas à son ordinateur, dit-elle. Vous savez comme il est nerveux à ce sujet.

– Tu crois que j'oserais ? répliqua Khedidja, en envoyant à l'objet volumineux un coup de plumeau impertinent.

Elles rirent aux éclats.

C'était un jeu entre elles, ce vouvoiement par la maîtresse, ce tutoiement par la servante :

– La fatma, ça ne sait pas dire *vous* à une seule personne, professait Khedidja.

L'aspirateur vrombissait. Marie buvotait.

Khedidja arriva près d'un placard en bois d'ébène. Elle le désigna d'un geste interrogatif du menton, les sourcils levés :

– Pas hier soir, dit Marie. En tout cas, j'espère que non. Il n'y avait pas de quoi.

Cette fois-ci, elles pouffèrent toutes les deux, d'un rire salace de femmes entre elles, se moquant des mâles, de leur insondable vanité et de l'organe saugrenu dont ils en font le dépositaire.

Chapitre IX

Toute la journée, Serge Maltèse attendit un appel téléphonique de Mme Theyssandier. Il osa à peine sortir de chez lui, n'ayant pas de répondeur.

Le lendemain, samedi, ce fut la même chose. Sans doute la dadame était-elle allée en week-end quelque part ? Néanmoins, le dimanche, Serge garda la chambre autant que possible. Il employait son temps à écrire un article sur les braconniers qui, à l'en croire, étaient sur le point d'exterminer les alligators de Floride. Il y a toujours des âmes sensibles pour s'émouvoir des horreurs qui se passent aux antipodes : cela est plus confortable que de s'inquiéter de celles qui ont lieu sous votre nez. Serge connaissait ce trait de la nature humaine, et il était bien décidé à l'exploiter. Le téléphone ne sonnait toujours pas.

À vrai dire, Marie ne lui manquait pas vraiment. Mettable, oui, et même très mettable, mais déconcertante avec cette façon d'avoir tout le temps froid et peur, de n'exprimer aucun désir, de ne prendre aucune initiative. Et puis snob, ce que Serge appelait « snob », c'est-à-dire appartenant à une classe qu'il jugeait lui-même supérieure à celle d'où il sortait. Marie l'intimidait et il n'aimait pas beaucoup ça. De temps en temps il se surprenait à rêver qu'il la posséderait, mais ce serait surtout pour l'humilier :

« Avec moi, madame, ce ne sera pas long : au pieu et pas d'histoires, que tu aimes ça ou non. Mais tu verras, madame, tu aimeras. Tu en redemanderas. Toutes les mêmes. »

Ce qui l'inquiétait davantage, c'est que le sort des *Kangourous*, c'est-à-dire un à-valoir immédiat, aussi bien que la collaboration à l'*Encylopédie de la torture*, c'est-à-dire un gagne-pain fixe, dépendaient du bon plaisir de Mme Theyssandier. Enfin, tout de même, on n'avait pas invité à dîner pour rien un Serge Maltèse dont personne n'avait jamais entendu parler ?

Le milieu de la semaine arriva et Theyssandier lui avait demandé de l'appeler à ce moment-là pour parler affaires. Peut-être Mme Theyssandier attendait-elle que cet aspect-là fût débrouillé pour prendre contact avec lui ? D'abord, qu'est-ce que c'est que « le milieu de la semaine » ? Quand la semaine commence-t-elle ? Il appela mercredi. Le matin, l'éditeur n'était pas arrivé. L'après-midi, il était en conférence. Il rappellerait. Il ne rappela pas.

Le jeudi matin, M. Theyssandier était en rendez-vous à l'extérieur. Enfin, le jeudi après-midi, après être passé par la standardiste, l'adjoint et la secrétaire, Serge entendit la voix directoriale :

– Oui ?

– Allô, ici Serge. Vous allez bien, Maur ?

Ce prénom à coucher dehors ! Serge s'était exercé à prononcer Môre et non pas Mort et c'était une espèce de Maoar ou de Moaor qui était sorti.

– Ah ! oui, Maltèse. Bon, alors vous avez pris contact avec ma femme ?

– Oui. Non. Non, pas depuis l'autre jour.

– Ben alors, qu'est-ce que vous attendez, mon vieux ?

– Elle m'avait dit que c'est elle qui…

– Dans ce cas, attendez qu'elle le fasse. Qu'est-ce que j'y peux, moi ? C'est avec elle que vous allez travailler.

– Vous m'aviez dit qu'on parlerait affaires.

– Affaires ?

– Conditions matérielles, quoi.

– Pour ça, il faut qu'elle ait lu vos *Kangourous* et que vous ayez discuté de la conception d'ensemble de l'encyclopédie. Ah ! à propos. Vous n'en avez parlé à personne, de l'encyclopédie ?

– Euh… non, monsieur Theyssandier. (Finalement « Monsieur Theyssandier » sortait plus facilement que « Maur ».)

– Vous êtes sûr ? Parce que, pour le moment, c'est secret. Secret défense. Bon, eh bien rappelez-moi quand vous aurez quelque chose à me dire. Ciao.

Clic.

Serge se demanda ce que tout cela signifiait. Les voies des puissants sont imprévisibles. Les voies des impuissants aussi, mais il ne le savait pas.

Le vendredi, rien.

Le samedi, vers 15 heures, comme Serge avait déjeuné d'un couscous dans la rue de la Grange-aux-Belles et qu'il feuilletait son agenda à la recherche d'une copine à relancer pour ne pas passer le week-end chastement, ce qui aurait tout de même été le comble, le téléphone sonna.

– Allô, Serge ? Ici, Marie. Marie Theyssandier, je

veux dire. Je ne sais pas combien de Marie vous avez dans votre vie.

Il reconnaissait la voix juteuse, très légèrement enrouée. Il osa se montrer galant :

– En ce moment, j'en ai qu'une.

– Vous êtes libre en ce moment ?

– Oui. Non. Oui. Oui, oui, oui. (Après tout, il n'avait encore relancé ni Pamela, ni Valérie, ni Sylvie.) Absolument. Absolument libre.

– J'arrive.

Elle raccrocha.

Il se rua sur les chaussettes, sur la brosse à dents, sur le slip d'avant-hier, sur les épluchures, sur la corbeille à papier pleine de carbones, sur les boîtes de bière vides. Il courait de la chambre à la salle d'eau, de la salle d'eau à la kitchenette. Il rectifiait la chute des rideaux, il décrochait sa lessive, il déplaçait un tabouret pour cacher une tache sur la moquette. Il pensa qu'il avait le temps de se changer et peut-être même de se doucher. Toujours cette obsession des odeurs. Il ouvrit la fenêtre. Il se savonna (il était douché du matin), il se brossa les dents, il changea de linge, de jean, de maillot de corps, mit une chemise bariolée, largement ouverte au col, roula ses manches. Il se demandait si cela lui porterait malheur de changer ses draps, qui, du reste, étaient presque frais. On frappa (la sonnette ne marchait pas).

Marie se tenait sur le pas de la porte : tailleur gris pimpant, sortant d'une « boutique » de grand couturier, grand col blanc, quelque chose de virginal dans l'allure, et, dans les bras, une gerbe de mimosa.

– Tenez, dit-elle, je pensais que cela égaierait votre chez-vous.

Il chercha un vieux bocal à confiture pour y mettre le mimosa qui rayonnait de gaieté. Personne ne lui avait jamais offert de fleurs. Il ne sut pas remercier.

– Une vraie chambre d'étudiant, dit Marie.

C'était très laid, chez Serge, et il ne le savait pas.

Il savait que c'était pauvre, mais il ne savait pas que c'était laid, que le vieux papier à rayures, vert soutenu sur beige douteux, dont il était le dixième locataire, était laid, que ses rideaux de reps bleuâtre étaient laids, que tous ses meubles, achetés de-ci, de-là, éraillés et bancals, étaient lourdauds et prétentieux, que la couverture d'acrylique rose jetée sur son sommier était à vomir.

Pendant qu'il mettait le mimosa dans le bocal, Marie se mit à détailler la chambre, avec l'aisance et l'impudeur de certains riches. Elle toucha la machine à écrire mécanique, effleura les dictionnaires de synonymes et les polars dans la bibliothèque bricolée avec des planches et déhanchée sur le côté, ne viola tout de même pas les mystères de la commode, mais entrouvrit la penderie. Elle passa aussi la main sur l'autre placard, celui qui était fermé à clef, et n'insista pas. On aurait dit qu'elle prenait possession.

Serge s'était assis sur le tabouret et pivotait, les bras croisés, à mesure qu'elle poursuivait son examen. Elle jeta un coup d'œil à la kitchenette, un autre à la salle d'eau minuscule, et puis elle revint à Serge et se tint debout près de lui, à le toucher. Elle le regardait de haut en bas, la lèvre brillante, l'œil placide. Elle n'avait pas du tout l'air d'avoir peur de lui. Mais alors pas du tout.

Il passa le bras autour des hanches toutes proches.

– Vous n'êtes pas venue me parler kangourous.

Elle secoua la tête.

– Ni encyclopédie de la torture.

Elle secoua la tête.

– Et votre mari…

– En province.

Il ne savait pas très bien comment s'y prendre. Il n'avait jamais eu de bourgeoise. Et il avait toujours peur de perdre ce contact d'éditeur qui allait changer sa vie.

– Je peux vous embrasser ?

– Bien sûr.

Troublé par sa présence, il n'avait plus envie de l'humilier, de lui faire mal, comme lorsqu'il l'imaginait, absente, à sa merci. De toute manière, elle ne lui en laissa pas le loisir. Elle se jeta sur lui non pas avec passion, avec rage. Elle le meurtrit, elle le griffa au sang, il dut la gifler pour qu'elle cessât de le mordre.

Enfin :

– Eh bien ! murmura-t-il, épuisé, on dirait que t'étais privée depuis longtemps.

Elle se relevait déjà. Et lui, à qui on avait appris que ce qui comptait avec les femmes, c'étaient les préliminaires et les postfaces !

– Je peux prendre une douche ?

Il bougonna quelque chose, les yeux fermés.

Il crut s'endormir quelques instants, tellement elle l'avait démoli.

Lorsqu'il rouvrit les yeux, elle se tenait sur le seuil de la salle d'eau, nue comme un ver, ni gênée ni impudique, naturelle.

– Vous ne pouvez pas continuer à vivre dans une crasse pareille, lui dit-elle en commençant à se rhabiller avec le plus grand calme, comme s'il ne la regardait pas.

Or, il la regardait, non plus avec concupiscence, Dieu sait, mais avec curiosité. Elle était fine, mais bien en chair. Musclée. Quel âge ? Trente-cinq ? Un beau morceau de fille, en tout cas, et elle était tombée amoureuse de lui, là, comme ça, le coup de foudre, quoi. Il faut dire que les bourgeoises ont l'habitude de se passer leurs caprices.

– Mais ce n'est pas sale, chez moi ! protesta-t-il avec véhémence.

– Je vais vous envoyer Khedidja. Elle vous nettoiera tout ça à grande eau. Et elle reviendra une fois par mois.

– Mais ce n'est pas sale, répéta-t-il plus faiblement. Je ne sais pas ce que tu veux dire.

– Ça sent la poussière dès qu'on entre. Vous n'avez jamais détartré votre douche ni votre lavabo. Vos rideaux sont raides de crasse.

– Mais, Marie, tu sais bien que je n'ai pas les moyens de…

– Ne vous inquiétez pas de ça. Que Khedidja travaille chez vous ou chez moi, pour elle, cela revient au même. Lundi, dix heures.

– Pour une fille peureuse, je te trouve bien dictatoriale.

– C'est que vous n'avez pas compris de quoi j'ai peur. Par exemple, maintenant, je vais vous demander de me raccompagner.

Il laissa baller sa tête de découragement.

– T'as peur de rentrer toute seule ? Et t'avais pas peur de venir ? C'est le même chemin en sens inverse, tu vois : de l'est à l'ouest au lieu de l'ouest à l'est.

Cependant, il roulait à bas du sommier, cherchait ses affaires dessous, disparaissait dans la douche.

Au moment de sortir :

– Alors, demanda-t-elle, vous me les donnez, vos *Kangourous* ?

Il se précipita. Il avait mis le manuscrit dans une belle chemise de plastique noir achetée exprès.

Elle avait une autre voiture aujourd'hui, une petite Austin.

– Vous voulez bien conduire ?

– Non. Oui, je veux bien.

Ils traversèrent Paris sans dire un mot. Il faisait beau. On avait envie d'aller à la campagne.

Il arrêta l'Austin devant le gros immeuble blanc de la rue du Docteur-Blanche.

– On ne parle pas de l'*Encyclopédie de la torture* ? fit-il timidement.

Elle le regarda sans expression :

– Ce sera pour la prochaine fois. Descendez. Je vais la rentrer toute seule. Si Maur arrivait en ce moment, ce serait gênant.

Il ne comprit pas pourquoi ce serait gênant. Après tout, c'était Maur qui voulait les faire travailler ensemble et rien dans leur tenue n'indiquait comment ils avaient passé le temps. D'un autre côté, s'il commençait à leur poser des questions précises… Il descendit de voiture, et Marie se glissa à la place du conducteur. Il ne savait pas trop comment lui dire au revoir, mais, brusquement, elle attira sa tête par la glace ouverte et l'embrassa sur la bouche.

Il la regarda disparaître dans le sous-sol.

Le concierge se chauffait au soleil sur le perron.

Chapitre X

– Ils sont sales, ces Franci, c'est pas croyable, dit Khedidja. Si tu savais, madame, ce que j'ai enlevé comme poussière et comme toiles d'araignée. Deux sacs d'aspirateur pleins. Ce n'est pas grand pourtant, chez lui. Il n'a pas dû nettoyer depuis qu'il s'est installé. Et celui d'avant devait être un malpropre. Parce que lui, on ne peut pas dire. Mais alors son gourbi ! Jamais je n'ai vu ça au Maroc. Il n'y avait qu'une chose bien nettoyée, alors ça, nickel : c'est son fusil.

C'était mardi, et Khedidja servait Marie qui déjeunait seule d'un ris de veau.

– Il a un fusil ?

– Oui, madame.

– Un fusil de chasse ?

– Je n'en sais rien. Un fusil avec une longue-vue dessus. Il était dans un étui, mais j'ai tout déballé quand M. Serge est sorti. C'était plein d'huile et ça brillait comme le soleil.

– M. Maltèse vous a laissée seule ?

– Je l'ai mis à la porte, tiens ! Il me gênait pour travailler. Toujours dans mes jambes…

– Et où était-il, ce fusil ?

– Dans un placard. Fermé à clef.

– Il vous l'a ouvert ?

– Non, madame, tu sais comme je suis curieuse. Dès que j'ai vu que c'était fermé, il a fallu que je regarde ce qu'il y avait dedans.

– Mais comment ? Vous aviez la clef ?

– Pas la peine. Avec un petit clou.

Les yeux de Khedidja étincelaient d'amusement et de fierté.

– J'ai aussi fouillé dans ses papiers.

– Khedidja !

– Je fouille aussi dans les tiens, tu le sais bien.

– Oui, justement : je le sais. Lui pas.

– Pourquoi il aurait quelque chose à cacher ? En tout cas, c'est un monsieur qui a bien voyagé. J'ai trouvé son vieux passeport. Il y a des cachets de tous les pays.

– Par exemple ?

– Je ne connais même pas tous les noms. Les États-Unis, le Zimbabwe, le Zimbabwa, l'Australie...

– L'Australie ! Vous êtes sûre ? Ça, ça intéressera M. Theyssandier, dit Marie rêveusement.

Le soir, comme, par précaution, ils prenaient un pur malt sur la terrasse avant d'aller dîner chez des amis avares d'alcools, Marie dit à Maur :

– Je t'ai dit que j'avais trouvé tout si crasseux chez Maltèse que je lui ai envoyé Khedidja. Je n'envisageais pas de travailler avec un homme qui allait rentrer tous les soirs dans les écuries d'Augias.

– Eh bien ? fit Maur en craquant une noisette entre ses dents puissantes.

– Eh bien, d'une part, notre ami non-violent possède un fusil à lunette et, d'autre part, bien qu'il le nie, il est allé en Australie : elle a vu son passeport.

– Cette fille est d'une indiscrétion qui finira par lui jouer des tours, dit Maur. Si Maltèse fait du tir, ça le regarde : la France est pleine de clubs pour les gens qui sont passionnés de ça. Sur l'Australie, je me demande pourquoi il a menti. Ce n'est pas un crime d'aller en Australie. Il y a peut-être plaqué une belle aborigène arboricole avec douze enfants et il a peur qu'elle ne le retrouve et réclame une pension ? En tout cas, ça lui donne plus de compétence pour parler kangourou. Comment est-ce, son manuscrit ?

– Quatre cents feuillets à peu près. Un bon plan. Beaucoup de bons sentiments. Des anecdotes attendrissantes.

– De quoi faire pleurer dans les HLM ! Ça devrait plaire. Et la torture, tu lui en as parlé ?

– Pas encore.

– Tu votes quoi, toi ? Qu'on lui prenne son bouquin ?

– Bien sûr.

– Et pour la torture, tu le mets à l'essai et on ne lui propose un contrat que s'il te donne satisfaction, d'accord ?

– Bien sûr.

– Bon, en route. Le devoir avant tout. J'espère qu'on ne va pas rentrer trop tard. Ils sont fatigants avec leurs magazines cathos, ces La-Tour-Qui-Penche ! En plus, chez eux, il ne faut pas compter sur un pousse-café. Et d'un snob avec ça !

Comme quoi tout le monde a ses snobs et tout le monde est le snob de quelqu'un.

Chapitre XI

Le jeudi, Serge reçut son contrat.

C'était un vrai contrat d'éditeur, sur papier à en-tête, avec toutes les formules qui mettent l'eau à la bouche des débutants : « vendre à leurs frais, risques et périls », « sous réserve du droit moral du cédant », « exemplaires de passe », « cas malheureux ». Il recevrait même un à-valoir (modeste, il est vrai : 10 000 francs) dès qu'il se serait engagé à proposer aux éditions Theyssandier ses cinq prochains ouvrages. S'engager à proposer ? ! Mais voilà cinq ans que tous les éditeurs de France et de Navarre faisaient des manières ne fût-ce que pour parcourir les ouvrages de M. Maltèse, et pourtant il avait tout essayé, le littéraire, l'historique, le polar, le sentimental, le porno ! S'engager à les proposer ! Mais ils étaient déjà écrits et il les leur proposerait plutôt deux fois qu'une ! Pour un peu, il les leur donnerait pour rien. Et tant pis si ça n'était que Theyssandier et non pas Grassouillet ou Parlimard.

Non, à vrai dire, que Serge Maltèse souffrît de la dangereuse maladie qui s'appelle une vocation littéraire. En effet, le malade sérieusement atteint ne se satisfait pas de noircir du papier à la main ; il éprouve le besoin de faire reproduire ces symptômes à des milliers d'exemplaires, à l'encre d'imprimerie ; il veut les voir exposés aux vitrines des libraires, il veut les trouver vilipendés dans les journaux ; dans les cas les plus graves, il exige même qu'ils soient lus.

Heureusement, tel n'était pas le cas de Serge, qui ne se prenait pas vraiment pour un écrivain. Mais, s'étant une fois dit que fabriquer des livres était un moyen somme toute pas désagréable de gagner sa vie, que la gloire fait, comme le rappelait Sacha Guitry, qu'on est souvent invité à dîner, et qu'elle épargne, la plupart du temps, de courir la gueuse, Serge s'était mis en tête de se faire publier, non plus dans des torchons biodégradables auxquels il donnait des articles sur les sujets les plus divers, mais sous forme de livres auxquels était promise au moins l'éternité du dépôt légal à la BN. Un contrat d'éditeur, c'était un passeport pour cette éternité-là, et dix mille francs n'ont jamais fait de mal à personne. Sans compter que... En mettant le livre à 100 francs et les droits d'auteur à 10 %, il suffirait d'avoir vendu 1 000 exemplaires pour que l'à-valoir fût couvert et que le petit Serge recommençât à toucher des sous. Enfin, des petits kangourous tout mignons menacés de disparition, cela devait tout de même toucher des gens, non ? Et maintenant qu'il avait un contrat, peut-être que Brigitte Bardot la cracherait, sa préface. On irait alors peut-être jusqu'à 100 000 exemplaires, ce qui ferait pour l'auteur la somme rondelette de 1 000 000 de francs. Bref, sans prétendre passer à la postérité, M. Maltèse avait tout de même été mordu par le virus du papyrus...

M. Maltèse se rendit lui-même, à Mobylette, aux éditions Theyssandier, pour apporter les deux exemplaires du contrat signés par lui et faire signer le sien par l'éditeur, tant il craignait que Maur ne changeât d'avis. Naturellement, cela ne servit à rien, parce que Maur était occupé avec ses représentants, et, les jours suivants, l'anxiété de Serge ne fit que croître, mais enfin, au bout d'une semaine, il reçut le contrat en bonne et due forme. Le chèque, précisait Maur, dans une lettre à « son cher Serge », lui serait remis au cours d'un déjeuner à *La Closerie des Lilas*.

Parallèlement, les amours de Serge et de Marie suivaient leur cours. Deux fois elle vint chez lui, et chaque fois elle le déconcerta par sa violence. Cette femme réservée, peureuse, peut-être un peu déséquilibrée, se jetait sur lui dans un paroxysme de... de quoi au juste ? Serge était grand, maigre et agréablement mal rasé, mais il n'était pas fat : il devinait que Marie Theyssandier ne lui vouait pas un culte en tant qu'Apollon du Belvédère. Alors, était-ce de l'amour ? Peu probable Elle n'avait jamais un mot affectueux. Du désir pur et simple, bestial, quoi ? Peut-être, mais cela ressemblait plutôt à de la fureur et même à de la haine. Quelquefois, Marie frappait Serge au point de lui faire mal, et il devait alors la frapper encore plus fort pour lui faire reprendre conscience. Au reste, sans éprouver la moindre tendresse pour elle – ce qu'il éprouvait, c'était plutôt une certaine angoisse, faite de malaise devant l'incompréhensible – il profitait avec plaisir des bonnes dispositions de la bourgeoise. Après les soulagements de la chair, l'intelligence des amants reprenait ses droits, et ils faisaient des projets sérieux, avec notes écrites sur les emplois ésotériques des baignoires et des téléphones de campagne : il fallait avoir des choses à montrer à l'éditeur et au mari.

Le lendemain du jour où Serge avait reçu son contrat dûment signé par Maur, Marie lui téléphona :

– Demain, lui dit-elle, vous viendrez chez moi.

Elle le vouvoyait toujours.

Lui, bêtement :

– Pour travailler ?

– Entre autres.

– On n'est pas bien chez moi ?

– On sera mieux.

– Pourquoi ?

– Le lit est rond.

– C'est vraiment mieux dans un lit rond ?

– Bien sûr.

Il n'avait pas envie d'aller chez elle.

S'il faut tout dire, il avait peur.

Peur, bien sûr, de se faire prendre par Maur, et alors, adieu les contrats : un éditeur, ça trouve toujours un moyen de se dédire, de se débiner. Peur de la richesse ambiante, peur de casser une potiche, peur de faire une tache, peur de faire tache. Peur de ne pas être à la hauteur. Serge n'était pas mécontent de ses prouesses érotiques, mais seraient-elles à la mesure d'un lit rond avec des draps de soie et des oreillers en duvet de cygne ?

Le contrat qu'il avait en poche agissait dans les deux sens. D'une certaine manière, il se sentait maintenant plus indépendant, moins contraint à la docilité : après tout, il était un écrivain comme un autre, non publié encore, il est vrai, mais doté d'un contrat, et il couchait où il voulait. D'une autre manière, il ne pouvait pas ne pas céder non pas à la gratitude (il ne savait pas ce que c'était), mais à l'euphorie : eh bien, oui, il couchait où il voulait, et rien ne l'empêcherait d'aller coucher dans le lit de son éditeur !

Il décida d'y aller.

La journée de juin était chaude, et, bien qu'il n'eût pas besoin de pédaler, il décida déjà, du côté de la Concorde, de demander la permission de prendre une douche d'abord.

Il arriva rue du Docteur-Blanche et mit un antivol à la Mobylette. Il connaissait le code d'entrée, ce qui le rassurait, mais, dans le vestibule de marbre noir, il croisa le gardien polonais qui le regarda, lui sembla-t-il, d'un air soupçonneux. Il eut envie de lui dire méchamment : « Eh bien, quoi, mon vieux ? Je viens travailler à l'*Encyclopédie de la torture* et j'ai bien envie de vous prendre comme cobaye. »

Tout se passa fort bien, sauf qu'il ne sut pas faire marcher la douche : il suffisait de se mettre dessous et une cellule photoélectrique ou je ne sais quel engin satanique la mettait en marche. Mais lui dut appeler Marie à la rescousse. Pour le reste, il jugea que, dans l'ensemble, il avait été à la hauteur. Marie l'abreuva des purs malts de Maur, des cognacs de Maur, lui fit porter la robe de bain de Maur et les pantoufles de Maur. En un certain sens, c'était plus grave que de s'attribuer la femme de Maur. C'était vraiment le faire cocu à fond. Jusqu'à la garde. Et Serge trouva cela agréable. La vraie revanche sur un monde qui avait été méchant avec lui.

Il y eut aussi du temps pour la torture. Serge s'était rappelé qu'il y avait de bonnes blagues de tortionnaires dans Edgar Poe et que Villiers de l'Isle-Adam avait écrit une *Torture par l'espérance*. En outre, les Theyssandier avaient une histoire de l'Inquisition, mais ancienne, où les quantités d'eau autorisées dans l'entonnoir se mesuraient en quartes et en setiers : il fallait transformer en litres, c'était amusant. Ce jour-là, Marie photocopia les notes, laissa l'original à Serge et en garda une copie.

Quelques jours plus tard, nouvelle convocation. Cette fois-ci, Serge y alla dans un tout autre état d'esprit. Il réclama à boire, bouda parce qu'il n'y avait pas de Kronenbourg, trouva de lui-même les pantoufles du maître de maison, et voulut prendre des notes sur son ordinateur.

– Ah ! non, dit Marie. Moi, ça passe plus ou moins, mais son ordinateur, c'est sacré. D'ailleurs il est sous clef, il y a dix mots de passe pour ouvrir un logiciel, et ensuite tout ce qu'il écrit est codé automatiquement. Alors, si vous ne savez pas le code, vous ne pourrez même pas relire ce que vous aurez écrit.

Néanmoins, Serge fut très content de son après-midi. Il n'avait pas tressailli une seule fois en entendant des bruits d'ascenseur. Il commençait à se sentir chez lui et de jouir du plaisir un peu inquiétant, donc doublement exquis, de se trouver chez soi chez un autre et chez un autre qu'on est en train de spolier sans qu'il s'en doute. Lorsque Marie lui dit : « Il ne rentre jamais sans prévenir », Serge haussa l'épaule : il lui sembla qu'il aurait presque aimé être pris sur le fait par ce brave Maur. Il y retourna donc le jour suivant, par forfanterie plus que par désir.

Le lendemain, jeudi, eut lieu le déjeuner à *La Closerie des Lilas*.

La mode en est passée, mais il fut un temps où les contrats littéraires se fêtaient là, et Maur avait tenu à en donner pour son propre argent à Serge. Le maître d'hôtel était presque poli, il y avait des célébrités au bar, d'autres attablées devant des plaques de cuivre portant des noms illustres, Julien et Marie-Claude encadraient leur patron et Mme Theyssandier avait pris Serge à sa droite. Le champagne coulait non pas à flots mais à raz de marée. M. Theyssandier racontait des histoires dont il riait lui-même de son rire d'ogre.

Serge Maltèse avait commandé ce qu'il avait trouvé de plus cher sur le menu. Il cherchait le pied de Marie sous la table, ne le trouvait pas, et fixait sur son éditeur un œil qui se plombait un peu plus à chaque coupe.

– Hé oui, pensait-il, tu as beau m'offrir des langoustes et des oisillons dont je ne connais même pas le nom, moi je m'offre ta femme et je te fais cocu. Cocu, tu m'entends ? CO-CU, mon coco ! Dommage que le mot ne fasse plus rire personne.

Un photographe vint prendre des photos au moment où Maur remit à Serge le chèque de son à-valoir, et Maur ne s'opposa pas à ce que Serge passât un bras autour des épaules de Marie. Il y eut des cafés et des pousse-pousse. Heureusement, Serge n'était pas venu à Mobylette, mais en métro.

En rentrant chez lui, il trouva du courrier.

Il n'avait pas conscience d'être extrêmement lucide, mais une enveloppe attira son attention, située qu'elle était entre la facture du gaz et la carte postale d'une copine qui lui envoyait des bises de l'île Maurice où elle passait huit jours avec un copain.

Cette enveloppe était blanche, carrée, ordinaire, dactylographiée. Sans savoir pourquoi, il s'assura aussitôt du bureau de poste auquel elle avait été tamponnée : hôtel des Postes, rue du Louvre.

Le libellé était aussi simple que possible :

Monsieur Serge Maltèse
18, rue de la Grange-aux-Belles
75010 Paris

Mû par il ne savait quelle superstition, il tourna et retourna cette enveloppe sans oser l'ouvrir. À l'intérieur, ce n'était pas du papier. Plus consistant. Pas du bristol, non. Quelque chose de glissant.

Les coins de l'enveloppe étaient parfaitement collés : pas moyen d'y introduire le doigt pour la déchirer, comme il faisait d'habitude. Il dut aller dans la kitchenette et y prendre un couteau : ce fut au-dessus de son évier maculé de marc de café qu'il éventra l'enveloppe et en retira une photo en couleurs.

La photo représentait un monsieur et une dame dans un lit. Elle avait été prise par un appareil disposé au-dessus du lit, en biais. Le monsieur était vu en plongée, de dos. La dame était vue en plongée, de face. Il aurait fallu intimement connaître le dos du monsieur pour être certain de son identité. Pour la dame, ce n'était pas facile non plus, le crâne chevelu du monsieur lui cachant le visage. Cependant, on voyait qu'elle était blonde.

Cela pouvait être Marie Theyssandier.

Mais pas nécessairement.

Serge dessaoula d'un coup.

Il se mit nu et alla se planter devant la glace de la pharmacie qui pendait dans sa salle d'eau. Il essaya de s'aider d'un miroir de poche qu'il promenait d'une main le long de son dos tandis que, de l'autre, il tenait la photo à laquelle il essayait de se comparer.

L'examen ne fut pas concluant.

Nous ne nous inquiétons pas assez de nos arrières.

CHAPITRE XII

Le lendemain matin, vendredi, Serge reçut une enveloppe en tout point semblable, libellée à l'adresse de

Monsieur Serge Maltèse
18, rue de la Grange-aux-Belles
75010 Paris

que la gardienne glissa sous sa porte alors qu'il était en train de cuver la missive précédente, sans parler du déjeuner de *La Closerie*. Ce jour-là, il n'avait pas d'autre courrier, et, du fond de son lit, il considéra cette enveloppe blanche, carrée, d'un œil torve. Enfin, il se leva et alla la ramasser. Il eut la tentation de la mettre au panier sans l'ouvrir, mais, bien sûr, il l'ouvrit.

Elle contenait une photo en couleurs. Le monsieur et la dame. Presque la même pose, mais, cette fois-ci, on reconnaissait aisément la dame parce que ses yeux exorbités étaient directement braqués sur l'objectif de l'appareil. C'était Marie Theyssandier, blonde et musclée.

– Pourquoi est-ce qu'on m'envoie ça ? demanda Serge à haute voix.

Il jeta un coup d'œil à son miroir, mais il ne recommença pas le stérile exercice de la veille. Il n'y avait pas un derrière mâle au monde qu'il sût reconnaître, il n'était pas de cette branche-là. Le sien encore moins, évidemment.

Où ces photos avaient-elles été prises ?

Si le monsieur était Serge Maltèse, ce ne pouvait être que chez lui ou chez les Theyssandier. On ne voyait pas la forme du lit. La couleur des draps ne donnait aucune indication : les siens étaient blancs, il croyait se rappeler que ceux de Marie l'avaient été une fois, roses une autre, mauves la troisième, mais il n'en était pas certain.

Si le monsieur n'était pas Serge Maltèse, les photos pouvaient avoir été prises n'importe où.

Il grimpa sur son tabouret et examina son plafond, à la recherche d'un trou. Il connaissait vaguement son voisin d'en dessus et lui trouvait plutôt une sale tête. C'était un petit monsieur en costume brou de noix graisseux, avec le col de chemise repiquant vers le haut sous une tête informe qu'il tenait penchée sur le côté et qu'il coiffait d'un chapeau caca d'oie. Il pouvait fort bien par exemple rendre des services à des détectives privés.

Oui, mais qui pouvait avoir intérêt à persécuter ainsi le pauvre M. Maltèse ? Naturellement, il s'était vanté auprès de ses amis de tous les bonheurs qui lui arrivaient d'un coup, toutefois sans nommer expressément Mme Theyssandier, par prudence plutôt que par savoir-vivre. Mais enfin, il n'y avait pas encore là de quoi le faire chanter : or, cet envoi de photos ressemblait furieusement au début d'une opération de chantage.

On verrait bien. De toute façon, il avait trouvé au

plafond des fissures mais pas de trou qui lui parût satisfaisant : après tout, il était un peu photographe lui-même et devait s'y connaître. Pour s'occuper l'esprit, il se mit au travail, et dépouilla en une matinée une biographie décevante de Torquemada. Il déjeuna d'un bout de brie et d'un verre de rouge, retapa ses notes et décida d'aller les porter chez Theyssandier pour les faire photocopier. En l'occurrence, la dépense de mélange deux-temps pour la Mobylette serait sans doute plus grande que celle de la photocopie, mais il voulait donner l'habitude aux secrétaires de travailler pour lui : ainsi, il s'incrusterait dans la maison.

Il décida de prendre par les boulevards extérieurs, et comme il approchait de la place Pigalle, il remarqua une grosse Land Rover stationnant sur un passage clouté dans le dos d'un agent de police qui n'avait pas l'air de la remarquer. Cela rappela à Serge le grand type qui lui avait ramené sa Mobylette, et justement, il l'aperçut qui sortait d'une boutique d'accessoires érotiques, un énorme sac rose tyrien à la main.

« Curieux, se dit Serge. Je n'aurais pas cru que celui-là avait besoin d'acheter des films cochons ou des culottes comestibles. »

La circulation le força à s'arrêter à la hauteur de Roger, qui le reconnut aussitôt et marcha à lui, la main tendue, pas gêné pour deux sous, comme d'autres l'auraient été à sa place :

– Salut. Je vois que vous l'avez retrouvée saine et sauve.

– Merci encore.

– Pensez-vous !

Il souriait de toutes les taches de rousseur qui parsemaient son visage bien hâlé.

– Alors, c'était bon ce dîner ? Ah ! Marie reçoit admirablement. De toute manière, c'est une femme admirable, vous ne trouvez pas ?

– Oui. Non, dit Serge embarrassé. Enfin, admirable… Comme ça.

– Vous n'y connaissez rien, fit Roger avec indulgence. Vous ne savez pas l'apprécier. Ça marche, vos affaires ?

Serge s'empêcha de se rengorger :

– Très bien. J'ai un contrat avec Theyssandier.

– Bravo. Mais faites bien attention à lire les petits caractères, hein. Avec ces gens-là, méfiance.

Serge lui montra la Land Rover et le policier qui n'avait encore rien vu.

– Vous avez toujours autant de veine, vous !

– Au jeu, oui, répondit l'autre, sans amertume. Allez ! À la revoyure.

En trois longues enjambées, il eut atteint la Land Rover. Le bruit du moteur alerta l'agent. Roger lui adressa un geste amical de la main et démarra.

Serge s'éloigna en secouant la tête. À quoi tenait l'aisance de l'autre ?

Il fit ses photocopies sous la surveillance suspicieuse d'une secrétaire peu serviable et rentra chez lui.

Le lendemain, samedi, il était debout quand la gardienne apporta le courrier. Deux prospectus et une enveloppe carrée, blanche, dont un coin seulement dépassait sous la porte, tentant et narguant.

Monsieur Serge Maltèse
18, rue de la Grange-aux-Belles
75010 Paris

Une photo. Semblable aux autres, à ceci près : c'était la dame qu'on voyait de dos et le monsieur, photographié de face était bien Serge Maltèse, le torse arqué comme par une crise de tétanos, les mâchoires serrées, les paupières verrouillées.

Le téléphone sonna.

C'était Marie.

– Je vous attends cet après-midi. Maur est en Périgord.

Il bafouilla :

– Non, non. Je ne peux pas. Je suis malade.

– Ah ! bon.

Elle raccrocha.

Le dimanche, évidemment, il n'y eut pas de courrier. Serge se surprit à attendre lundi avec impatience. Il avait le pressentiment que les événements allaient prendre un tour plus dramatique.

Chapitre XIII

Le lundi, rien.
Le mardi, un gros paquet.

Monsieur Serge Maltèse
18, rue de la Grange-aux-Belles
75010 Paris

Serge se demanda un instant si le contenu n'allait pas exploser, puis il haussa sa maigre épaule découverte par son maillot de corps et entreprit de défaire des bandes de plastique gommé qui, collées à un camion, l'auraient empêché de démarrer.

À l'intérieur, douillettement enrobés de plastique expansé transparent, trois volumes reliés en pleine peau grenat, à tranche dorée. Sur le dos, en lettres d'or : *Press-book de Monsieur Serge Maltèse, volume I, volume II, volume III*. Les pages étaient d'un papier épais, blanc bleuté, avec des pailles. Serge se demanda s'il avait jamais tenu entre ses mains un objet aussi luxueux et imagina les articles qu'il allait coller là-dedans : la couverture de *L'Express*, le reportage de *Paris-Match*, la critique de Jean d'Ormesson... Tout cela pour des kangourous ?

Il rouvrit le premier volume et vit qu'à la troisième page quelqu'un avait déjà collé une photo en noir et blanc. On y voyait, violemment contrastés, comme si le soleil avait été aveuglant, un mur blanc, crépi, et, au pied de ce mur, la forme affaissée d'un homme portant une veste blanche, une chemise blanche et un pantalon blanc. Il était tombé assis sur le derrière, sa tête avait roulé sur sa poitrine, son Panama blanc gisait à ses pieds et il y avait une tache noire sur sa poitrine. Cette image ne rappela aucun souvenir à Serge. Il feuilleta le volume. Pas d'autre photo. Quelle était cette plaisanterie ? Il prit le deuxième volume.

À la page 3, une photo.

Toujours un mur crépi éclatant de blancheur. Au pied du mur, cassée en deux et tordue sur le côté, une forme féminine. En y regardant de très près, on distinguait le visage aux yeux pétrifiés. Ce visage ne ressemblait à aucun que Serge connût, mais soudain des souvenirs enfouis profond en lui, refoulés chaque fois qu'ils montraient le nez, niés, annihilés, lui revinrent à fleur de conscience, comme s'ils dataient d'hier. C'étaient des souvenirs agréables. Une chaleur se répandit au niveau de ses tripes, et il ressentit même une crispation érotique délicieuse. L'air lui manquait, mais ce n'était pas désagréable non plus. C'était comme s'il avait suspendu son souffle pour que le temps passât moins vite.

Il prit le troisième volume. Cette fois-ci, il savait à peu près ce qu'il allait y trouver.

La page 3 était de nouveau illustrée d'une photo, prise de plus loin que les deux précédentes, mais pendant la même scène.

La façade était celle d'une grande maison campagnarde, élégante et simple, à un étage, avec des cimes de palmiers derrière, photographiée de biais. Au pied de la façade, un peu à gauche du perron de trois marches, les deux cadavres, à moins d'un mètre de distance l'un de l'autre : l'homme assis, la femme jetée sur le côté comme une poupée de son. Ils avaient dû se tenir embrassés, ou en tout cas très proches, au moment où ils avaient été tués : l'impact des balles et le poids des corps les avaient séparés.

À dix mètres d'eux, sur la droite de la photo, se dressait un homme long et mince, portant un treillis et un chapeau de brousse et pressant une mitraillette contre sa hanche.

– La Thompson ! se souvint Serge avec une sorte d'attendrissement. Ce qu'elle pouvait être lourde, la vache !

Il regarda son propre visage avec curiosité. Il n'avait pas acquis beaucoup de poids depuis cette époque, ça non, ni beaucoup de graisse, mais cette expression juvénile et cette peau sans rides le prirent par surprise. Lui, qui se flattait de ne pas vieillir, constata que, jadis, il avait été plus jeune de beaucoup.

– Suis-je le même homme ? se demanda-t-il, plus philosophe qu'il n'avait l'habitude de l'être.

En tout cas, son passé l'avait rattrapé, et il y avait tout lieu de supposer que, comme il se l'était imaginé à première vue, Maur Theyssandier était bien l'aspirant Mimi, car nul autre que Mimi ne pouvait avoir pris ces photos. Il avait toujours son Kodak sur lui, Mimi, et il ne vous ratait pas, ni au bordel, ni quand vous aviez posé culotte au bord de la route, ni quand vous étiez complètement bourré. Là, tout de même, il y était allé un peu fort. Non, mais !… Ça pouvait être dangereux, ce genre de blague. Et soudain Serge comprit, et s'étonna de ne pas avoir compris plus tôt, que ce genre de blague était justement fait pour l'avertir d'un danger et que si Mimi s'amusait à lui envoyer des photos de lui (car qui d'autre ?...) en pleins exploits érotiques ou guerriers, ce n'était pas pour lui rappeler les bons moments qu'il lui était arrivé de vivre.

Il regarda de nouveau sa propre photo : oui, bien sûr, il était aisément reconnaissable, avec son orbite étroite, son pif tortueux, sa fossette au creux de la joue, que les femmes aimaient tant embrasser, son menton en forme de bêche. Et déjà mal rasé, à cette époque, mais par paresse plutôt que par coquetterie. Cette fois-ci, ce fut une sensation de gel qui se répandit dans son bas-ventre. Il ne se faisait pas d'illusions : il allait devoir payer et payer sec.

Il ignorait encore en quelle monnaie, mais il savait qu'il ne tarderait pas à l'apprendre.

Il se fit un Nescafé, se beurra une tartine qu'il y trempa et se mit à réfléchir puissamment.

Que possédait-il qui pût, de quelque façon que ce fût, être utile à Maur Theyssandier alias Mimi Turot (il ne doutait plus que ce fût lui) ? Aucune possession meuble ou immeuble, c'était évident. Et Maur ne pouvait, par exemple, souhaiter le faire travailler sans le payer, s'acheter un esclave, quoi. Visiblement, il n'avait aucun besoin de ça. Il voulait probablement lui faire commettre une entourloupette quelconque au profit de sa maison d'édition qui n'avait pas trop bonne réputation. Des histoires de ventes ou d'achats de manuscrits, peut-être ? Une escroquerie au profit d'un politicien haut placé qui voulait être sûr de tenir son nègre, pas seulement par l'argent ? Supposons par exemple que le président de la

République voulût écrire un livre sous un autre nom ? Ou au contraire sous le sien, mais qu'il n'en eût pas le loisir et encore moins le talent ? Il fallait que l'homme de paille ou l'homme de plume qui travaillerait pour lui ne risquât pas de le trahir… Cela expliquerait que les éditions Theyssandier fussent venues le chercher, lui, l'ex-déserteur Maltèse, justement parce que Mimi avait de quoi le faire plier dans tous les sens.

– Tout ça est logique, se dit Serge, mais moi aussi, j'ai oublié d'être bête et je veux des assurances. Or, comme Theyssandier ne va sûrement pas me faire sa proposition par écrit, ce sera donc oralement, et il faut que je sois paré.

Il passa sa matinée à chercher un magnétophone de poche, plat, sensible et sûr. Il sentait que c'était là un investissement qui en valait la peine. Après quoi, il attendit la convocation de pied ferme.

Elle ne tarda pas.

Il était déjà couché ce soir-là et repassait dans sa tête les événements d'un certain jour de décembre 1962, avec, il faut bien l'avouer, une certaine volupté, quand le téléphone sonna. Il tendit son bras nu, sous lequel foisonnait une toison noire dont il était assez vain parce qu'il pensait qu'elle témoignait de sa vigueur amoureuse.

– Allô ?

– Monsieur Serge Maltèse, je vous prie.

Cela pouvait être Maur Theyssandier déguisant sa voix, ou ne déguisant pas sa voix, ou toute autre voix masculine sans caractéristiques particulières.

– Lui-même.

– Vous avez reçu les press-books d'Hermès ?

– Oui.

– Bien. Rendez-vous demain jeudi, 16 heures, 10, rue du Faubourg-du-Temple. Vous demanderez M. Youssouf.

Chapitre XIV

Serge alla à son rendez-vous à pied, d'humeur assez optimiste et même animé d'une curiosité certaine. Il ne savait pas ce que c'était que « Youssouf » : un pseudonyme de Michel Turot, qu'il avait cru mort et qui était ressuscité sous le nom de Maur Theyssandier ? Ou un personnage qui n'avait rien à voir ni avec Theyssandier ni avec Mimi ? N'importe : armé de son magnétophone, il se faisait fort de retourner la situation à son profit, quelle qu'elle fût.

Le 10 rue du Faubourg-du-Temple avait l'air d'une mosquée, à cause des *azulejos* verts sur bleu qui émaillaient les murs et du dôme en forme d'oignon qui surplombait l'entrée.

– Qu'est-ce que c'est encore que ce binz ? bougonna Serge.

Au-dessus de la porte, il lut : HAMMAM.

Il entra. Une odeur indéfinissable où tous les parfums de l'Arabie se mêlaient au chlore lui chatouilla les narines. Mosaïques partout. Derrière un comptoir se tenait un gros homme coiffé d'une chéchia. Serge lui trouva la dégaine d'un eunuque de harem. D'ailleurs il avait la voix qui allait avec.

– Je cherche M. Youssouf, dit Serge.

– Oui, monsieur, dit l'eunuque à l'octave au-dessus. Vous êtes attendu.

Il lui tendait une clef.

– Les cabines des hommes sont à votre gauche.

– Les cabines ?

– Hé ! Pour vous déshabiller.

– Mais je ne veux pas me déshabiller.

– Hé ! Vous ne pouvez pas entrer habillé dans le hammam.

– Pourquoi je ne peux pas ?

– Cela ne se fait pas.

– Vous voulez que je me balade à poil devant tout le monde ?

L'eunuque lui tendait un drap de bain blanc pardessus le comptoir.

– Vous pouvez mettre cette serviette si cela vous gêne. Après les cabines, vous tournez à droite. Le chaouch vous indiquera où est M. Youssouf.

– Et qu'est-ce que je fais de mon… portefeuille ?

– Vous pouvez le laisser dans votre cabine avec vos vêtements. C'est plus sûr si vous me le donnez.

Serge ne s'inquiétait pas tant pour son portefeuille que pour son magnétophone. Il hésita. Finalement, il laissa à l'eunuque et le magnétophone et le portefeuille – une fois nu, où aurait-il caché son engin ? – et gagna sa cabine.

Il se déshabilla, se drapa et s'aventura dans un corridor où roulaient déjà des volutes de vapeur. Azulejos toujours. Un autre homme en chéchia se leva.

– M. Youssouf ?

Sans un mot, le chaouch fit signe qu'on devait le suivre. Couloir. Pénombre. Des portes battaient quelque part et on discernait, en fond sonore, une mélopée en quarts de ton à peine perceptible. Il y avait aussi des clapotis et tout cela formait une espèce de silence parfaitement exotique. Soudain une claque mouillée résonna, suivie d'un rire bref. La chaleur et l'humidité croissaient à chaque pas. On se sentait loin de tout et, somme toute, très bien. Une odeur âcre s'ajouta aux autres et rappela à Serge l'expérience du kif qu'il avait faite en Algérie, il y avait si longtemps déjà. Le chaouch muet s'arrêta et frappa à une porte. Puis il s'effaça en faisant signe qu'on devait entrer.

Serge poussa un battant qui, avec un claquement mat, retomba en place sous l'effet d'un ressort. La petite cellule était pleine d'une vapeur qui brouillait la vue. Des planches en claire-voie s'étageaient au fond. Sur la plus haute, un homme était assis. Seul et nu. On voyait mal son visage à travers l'air où des myriades de gouttelettes d'eau en suspension tournoyaient lentement. Un instant, Serge crut qu'il avait une barbe, mais ce n'était que l'effet de la contre-plongée et de la vapeur.

– Venez ici.

L'homme tapotait la planche à côté de lui.

Serge monta. Il avait été dépouillé de son magnétophone, mais il avait encore une carte à jouer :

– Salut, Mimi, dit-il en s'asseyant.

Theyssandier le dévisagea avec un étonnement hautain.

– Mimi ?

– Moi qui croyais que tu étais Maur et bien Maur ! fit Serge, et il rit mais son rire sonna creux.

– Vous pourriez préciser ?

– Mais bien sûr, mon lieutenant.

– Ah ! je comprends, dit Theyssandier. (Dans l'ombre, son grand front lisse s'arrondissait et ses dents carrées brillaient.) Vous voulez dire Michel Turot ?

– Oui. Non. Oui, quoi.

Theyssandier sourit avec indulgence.

– Je vois que vous avez fait marcher votre petite cervelle, mais, désolé de vous décevoir, je ne suis pas Michel Turot. Il y a belle lurette que Michel Turot croque les cactus par la racine, le salaud. Vous ne saviez pas qu'il avait un demi-frère ?

Et, comme Serge le dévisageait, incrédule :

– Oui, nous ressemblions tous les deux à notre maman. Et nous nous détestions cordialement, mais, en même temps, nous étions les meilleurs amis du monde. C'était compliqué. Politiquement, bien sûr, nous n'avons pas suivi la même voie.

– Il était communiste.

– Ouais. Par idéalisme. Moi, j'ai toujours vu plus clair. Il n'y a qu'un seul idéal dans la vie : l'argent. Pas l'argent pour l'argent, mais pour la belle vie, pour le pouvoir, pour la santé. Vous n'empêcherez jamais que les riches soient mieux soignés que les pauvres et c'est encore plus vrai dans les pays communistes que partout ailleurs. Enfin ! Heureusement pour lui la grotte a explosé et *exit* Michel : *de profundis* ou plutôt *in profundis.* Je ne savais pas qu'il se faisait appeler Mimi. Ce qu'on peut être bête à vingt ans ! C'est encore une chance que nous ne devions plus jamais les avoir. Bon. Mais je ne vous ai pas fait venir pour vous parler de mon demi-frère. Je vous ai fait venir pour vous demander de me rendre un service.

Serge ramena son drap de bain autour de lui. Il ne comprenait pas que Theyssandier pût étaler sa nudité avec tant d'impudeur, les jambes écartées, les mains sur les cuisses.

– Tout pour vous faire plaisir, Maur.

Un manuscrit ? Le président de la République ? Le général Bigeard ?... Mais pourquoi toute cette comédie ?

– Ah ! voilà une attitude constructive.

Les yeux bleu de Prusse fusillèrent Serge dans la semi-obscurité.

– Je voudrais... Comment vous dire cela ?... Le plus simple sera le mieux, après tout... Je voudrais que vous m'aidiez à me débarrasser de ma femme.

Chapitre XV

– Vous débarrasser de votre femme ? répéta Serge.

Quelque chose en lui avait déjà compris : c'étaient ses tripes, et la même chaleur que celle qu'il avait éprouvée en voyant certaines photos commençait à s'y répandre. Mais, en surface, bien sûr, il ne comprenait rien du tout. Il le dit :

– Je ne comprends pas. Il vous faut un avocat, ou un détective privé. Ah ! je devine. Vous voulez l'accuser d'adultère et vous voulez avoir sous la main un amant complaisant qui ne niera rien ?

Theyssandier le dévisageait, un rien goguenard. Il avait un verre de bière à la main et il en but une bonne rasade tandis que les vapeurs tourbillonnaient autour de lui comme dans une mise en scène démodée du *Ring*, le faisant ressembler à Wotan.

– Vous êtes ingénieux, mais vous n'y êtes pas du tout. Je veux que *vous* me débarrassiez de ma femme. Définitivement.

– Vous voulez divorcer et que je l'épouse ?

– Non. Je veux que vous lui mettiez vingt grammes d'acier dans le crâne, si vous voyez ce que j'entends par là.

Serge voyait, bien sûr. Il le voyait depuis déjà quelques interminables secondes.

– Six virgule cinq suffiront. Mais pourquoi ? demanda-t-il des lèvres seulement, sans faire sonner les mots dans son larynx.

– Je pourrais vous dire que cela ne vous regarde pas. Je pourrais aussi vous dire que c'est une nymphomane qui m'épuise d'un côté et me cocufie de l'autre. Mais ce n'est pas la vraie raison. C'est parce que je n'ai pas d'argent, que les éditions Theyssandier sont au bord de la faillite – partiellement par la faute de Marie, d'ailleurs : elle m'a toujours mal conseillé, et moi, j'ai de l'intuition mais je suis un mauvais gestionnaire –, parce que Marie, elle, est pourrie de fric, que je suis son héritier, qu'en outre je lui ai fait souscrire une coquette police d'assurance sur la vie, dont je suis, évidemment, le bénéficiaire. Ai-je été assez clair pour vous ?

– Oui. Non. C'est-à-dire que ce n'est pas cela que je vous demandais. Je voulais savoir : pourquoi moi ?

Theyssandier but une autre rasade de bière et eut un renvoi qu'il fit semblant de réprimer de la main, mais Serge sentit bien qu'il y avait quelque chose d'insultant pour lui dans ce rot, peut-être simulé.

– Pourquoi vous ? Trois raisons. Je vous tiens, et d'une. Vous êtes tireur d'élite, et de deux. Vous aimez ça, et de trois.

Serge ne put s'empêcher de poser la question dont, d'une certaine manière, il connaissait la réponse, au point de l'attendre avec volupté :

– J'aime ça : quoi, ça ?

Theyssandier étendit ses courtes jambes.

– Mettez-vous à ma place. On a quelquefois besoin

de faire disparaître quelqu'un. Le faire soi-même, surtout quand on hérite, c'est délicat.

– Vous voulez dire que cela risquerait d'attirer l'attention.

– Précisément.

– De toute façon, votre devise, c'est: « Ne rien faire, ne rien laisser faire, tout faire faire. »

– Vous avez tout compris. Donc, dans ce genre de circonstances, on a besoin d'un tueur. Or, pardonnez-moi, mais les tueurs, ça ne se trouve pas par les petites annonces, même pas celles du *Nouvel Obs.* Alors on cherche. Mais comment procède-t-on ? Ce n'est pas si facile. Traîner dans les bars de Pigalle comme pour acheter une arme non marquée ? On trouve ou on ne trouve pas. De toute manière, je n'ai pas une allure à imposer confiance dans ces milieux. J'ai préféré recourir aux archives de mon demi-frère, où j'espérais découvrir quelqu'un qui ne serait pas un tueur à gages, mais un type, je vous l'ai déjà dit, qui aimait ça.

– J'aime ça, j'aime ça…

– Mais oui, Maltèse, vous aimez ça, et même vous en êtes privé. En manque. Vous savez, tous les instincts sont dans la nature et il faut trouver un moyen de les satisfaire. Les pédophiles prudents ont toujours la ressource d'aller aux Philippines pour se défouler, mais les tueurs ? Que font-ils ? Ils chassent. Certains sont réduits aux battues où on flanque des coups de pied au faisan pour qu'il s'envole, d'autres ont eu la chance d'aller braconner l'alligator en Floride ou le kangourou en Australie. Mais ça ne guérit pas de l'envie de tuer de l'*homo sapiens*, si, une fois, on en a fait l'expérience. Je peux avoir l'air de vous demander un petit service, mais en réalité je suis en train de vous proposer un grand plaisir. Allons, Maltèse, ne faites pas cette bouche en cul de poule. Je vous l'ai dit : d'une certaine manière, mon demi-frère et moi, nous étions très liés, et il ne m'a pas communiqué que ses photos. « Filez-les moi, mon lieutenant, je n'ai encore jamais buté personne : je voudrais voir l'effet que ça fait » – c'est une phrase qui ne vous rappelle rien ?

Si, naturellement, cela rappelait quelque chose au tendre défenseur des kangourous et des alligators : le débouché de la *ferka* dans la ferme Abadie.

– Oui... non... minute ! Si je suis allé en Australie, ce n'était pas pour le kangourou. Après la faillite de l'Algérie, je cherchais à me recaser, à vivre une vie normale.

– Et ça n'a pas marché, et vous êtes revenu en France, et votre affaire de désertion était passée à l'as parce que, en Algérie, vous n'avez pas été le seul à déserter : la République tout entière, avec son chef prestigieux, a fait comme vous. Considérons que c'est une affaire classée. Mais n'oubliez tout de même pas que vous, vous traînez en plus un double assassinat au derrière : « Filez-les moi, mon lieutenant. » Que vous vous soyez reconverti dans l'écologique, l'humanitaire et le non-violent ne change rien à l'affaire. Moi, j'aime employer des gens qui aiment ce qu'ils font. Voyez ce que je veux dire ? Les honoraires sont une chose, la conscience professionnelle en est une autre, mais le plaisir qu'on éprouve à commettre l'acte, ce n'est pas à négliger non plus : en fait, c'est le seul motif dans lequel on puisse avoir confiance.

– Pourquoi m'avez-vous envoyé les premières photos ? Celles au lit ? C'était pour m'intimider ?

– Ts, ts, ts, fit Maur, agacé. Je commence à me

demander si je ne vous ai pas surestimé. En tout cas sur le plan intellectuel. Non, je ne vous ai pas envoyé ces photos pour vous intimider : au contraire, pour vous rassurer. Vous auriez dû le comprendre.

– Ah ! ben vous en avez de bonnes, vous.

– Mais oui. Suivez bien le raisonnement puisque vous vous révélez incapable de le reconstituer.

« Premièrement, je souhaite me débarrasser de Marie.

« Deuxièmement, je souhaite qu'un autre le fasse à ma place, parce que je serai, naturellement, le premier suspect, et que j'ai bien l'intention de me munir d'un alibi inattaquable.

« Troisièmement, tout sera fait pour que la bonne âme qui commettra l'acte à ma place ne soit jamais découverte. Mais – vous voyez comme je joue franc-jeu – on ne peut jamais être sûr. Les flics ne sont tout de même pas nés de la dernière pluie. Si la bonne âme se laissait prendre – empreintes digitales, arme du crime, test à la paraffine, je ne sais quoi – il faudrait tout de même qu'elle puisse plaider le meurtre passionnel et non pas le crime crapuleux. La réclusion criminelle à vie, incompressible, ou quelques années à l'ombre avec toutes les chances d'être libéré avant terme pour bonne conduite, reconnaissez que ça fait deux. De votre point de vue, il vaut mieux n'être pas pris, mais, si vous êtes pris, il vaut mieux avoir un motif pas crapuleux.

« Quatrièmement, pardonnez-moi, mais il faut que je pense aussi à ma propre sécurité. Si, par hasard, l'envie vous prenait d'essayer de me faire chanter d'une manière ou d'une autre avant ou après l'opération, il n'est pas mauvais non plus que j'aie un mobile à vous attribuer. Prenons des exemples.

« Vous pouvez tout aller raconter à Marie aujourd'hui même. Je doute qu'elle vous paye bien pour cela, parce qu'elle est plutôt radine, mais enfin vous pourriez avoir cette tentation. Dans ce cas, je lui montrerais les photos, je lui dirais que je vous ai cassé la figure, et que vous avez décidé de vous venger en me calomniant à ses yeux. Ce serait vraisemblable.

« Autre exemple. Vous envoyez Marie *ad matres* et vous commencez à me fatiguer en me réclamant des compléments d'honoraires. Je vais voir la police qui enquête sur l'assassinat de ma femme et je déclare que je connais quelqu'un qui avait un motif : vous.

– Je vous interromps. Être l'amant d'une femme, ce n'est pas encore un motif pour la refroidir.

– Pas toujours, cela est vrai, mais un amant est plus suspect qu'un indifférent, et nous allons veiller à vous pourvoir d'un mobile clair et net qui vous sera utile à vous au cas où vous seriez pris et à moi au cas où vous voudriez me faire chanter. Je ne peux évidemment pas forcer Marie à vous envoyer une lettre de rupture, mais je peux facilement vous en faire une du bureau, rédigée en termes qui impliqueront que vous n'êtes pas seulement renvoyé comme auteur et licencié comme employé – il suffirait par exemple que Marie vous accuse d'avoir plagié vos *Kangourous* – mais aussi chassé comme gigolo. Je me fais fort d'imiter sa signature sans que quiconque puisse déceler un faux.

– Bref, c'est vous-même que vous cherchez à protéger.

– Mais vous aussi, mon vieux. Comprenez donc que nos intérêts coïncident. Si je ne me sens pas en sécurité à votre égard, vous ne vous y sentirez pas au mien, et vice versa.

– Qu'est-ce qui sera censé s'être passé ?

– Il y a deux cas. Dans le cas le plus probable, rien. Marie aura été assassinée par un inconnu, pour un motif inconnu, avec une arme inconnue. Je serai naturellement soupçonné, parce que, pour un esprit policier, un mari est toujours suspect, encore plus qu'un amant. Mais on ne pourra rien prouver contre moi, à moins que vous ne parliez, ce qui ne sera pas à votre avantage, car, si l'on en arrive là, je ne manquerai pas de ressortir l'assassinat des Abadie. Donc, affaire classée.

« Dans le deuxième cas, celui où vous aurez commis une imprudence et aurez été arrêté, je vous ferai parvenir votre lettre de renvoi, Vous expliquerez que vous aimiez Marie passionnément, que vous n'avez pas supporté la rupture, que vous êtes devenu momentanément fou… Nous trouverons toujours des psychiatres pour le certifier. N'oubliez pas que j'aurai avantage que vous soyez condamné le plus légèrement possible pour n'être pas tenté de parler et que j'aurai les moyens de vous prendre les meilleurs avocats possibles.

Serge se tut un bon moment. Enfin :

– Je n'ai pas dit oui, Maur, je n'ai pas dit oui. Mais je ne crois pas vous avoir entendu prononcer un chiffre.

– Je ne sais pas quel est le tarif syndical. Mais, compte tenu du fait que j'ai de quoi vous envoyer en prison pour le double assassinat des Abadie, que je vais vous faire gagner de l'argent avec les *Kangourous* et la *Torture* et qu'en plus je vous fais jouir, je ne vois pas comment vous pourriez me demander beaucoup plus de cent mille francs.

Serge commençait à s'accoutumer à l'idée de tuer pour de l'argent.

– Beaucoup plus, non, mais peut-être le double ? Songez que vous, vous allez gagner des milliards.

– N'exagérons pas : des millions, mais n'oubliez pas que je n'ai pas tué le couple Abadie. Cependant, rien que pour vous montrer que je ne suis pas un marchand de tapis, va pour deux cent mille.

Intérieurement, Serge Maltèse cita le général Cambronne. Maur avait cédé si facilement ! On aurait aussi bien pu lui demander le double du double.

– Plus les frais ?

Les yeux bleu de Prusse brillèrent dans la pénombre :

– Pas un sou de plus ! Est-ce clair ou voulez-vous que je dépose les photos prises par mon demi-frère sur le bureau du procureur de la République ?

– Je blaguais. Mais il faudra bien que je me procure une arme.

– L'arme a déjà été achetée aux États-Unis, où il n'y a pratiquement pas de contrôles, et envoyée par la poste comme une arme démilitarisée. La culasse est arrivée séparément.

– Les numéros ?

– Ont été limés.

– Qu'est-ce que c'est, comme flingue ?

– Une carabine de chasse à lunette.

– Calibre ?

– 243.

– Tout petit alors. Mais avec la vélocité de la balle… Oui. Vous avez prévu le détail de l'opération ou c'est à moi de… ?

– Tout est prévu.

– Distance ?

– Cent cinquante-cinq mètres.

– C'est sûr ? Vous avez vérifié ?
– Par télémètre et sur le cadastre.
– Il y a une différence d'altitude ?
– Vous dominez d'un étage.
– Négligeable. Où se trouve l'arme ?
– Chez moi. Marie ne fouille pas dans mes affaires.
– Je peux voir les lieux ?
– On y va. Allez vous rhabiller.

Serge descendit, songeur, de son étagère, faisant machinalement tourner la clef de sa cabine autour de son doigt. Il ne pensait pas encore à la jouissance de l'acte ni à l'emploi qu'il ferait de son argent. Il se reprochait surtout de n'en avoir pas réclamé plus. Il n'avait même pas demandé sous quelle forme il serait réglé. Il retrouva sa cabine et se rhabilla, sans cesser de penser à toute sorte de détails : les gants à acquérir, des gants d'hôpital, les plus fins possibles, où cela s'achetait-il, ou alors des gants comme en ont les vendeuses dans les épiceries fines, la nécessité de se débarrasser de l'arme, Theyssandier avait-il prévu cela aussi, évidemment il se ferait payer en espèces, où cacherait-il son argent ?

L'eunuque lui rendit son portefeuille et, sur le trottoir, il retrouva Maur qui s'était rhabillé plus vite que lui. La Légende bleu de nuit était garée un peu plus loin. Maur déverrouilla poliment la portière du passager avant la sienne. Serge, toujours rêveur, se laissa tomber sur le siège de cuir gris perle. La voiture démarra. Soudain :

– Attendez ! J'ai oublié quelque chose au hammam.
– Ceci, peut-être ? demanda Maur.

Dans la paume de sa large main, il lui tendait le magnétophone.

– Mais comment vous avez fait ? balbutia Serge.

– Je donne de bons pourboires, répondit Maur Theyssandier. Et je n'aime pas qu'on me prenne pour un imbécile.

Chapitre XVI

En roulant :

– Je peux vous poser une question, Maur ?

– Tant que vous voudrez. J'aimerais que tout soit aussi clair que possible dans votre esprit.

– Comment vous êtes-vous débrouillé pour me trouver ?

– Un certain élément de chance a joué, ce qui est un bon signe. Je suis éditeur, vous aviez un manuscrit. C'est vrai qu'un rabatteur vous a signalé à mon attention. Votre nom m'a dit quelque chose. Alors j'ai cherché dans les archives de Michel.

– Et vous m'avez poussé dans les bras de votre femme ? Cette façon de me faire ramener chez moi par elle, de me faire travailler avec elle…

– D'insister lourdement sur le fait que je prenais l'avion demain. Oui, bien sûr.

– Et vous étiez sûr qu'elle marcherait ? Elle est vraiment nymphomane ?

– Je vais vous dire la vérité, Serge : je ne sais pas si elle est vraiment nymphomane. Elle fait tout ce qu'on lui demande, ça, c'est sûr.

– Elle a eu des tas d'amants avant moi ?

– Des tas ? Je pourrais vous dire qu'elle en a eu des tas. En vérité, je n'en suis pas certain. En tout cas, vous le savez, ce n'est pas par jalousie que je la fais éliminer. Motifs passionnels : zéro. C'est pourquoi j'ai intérêt à être invulnérable.

– Mais vous étiez tout de même certain qu'elle ne ferait qu'un saut jusqu'à mon plumard ? Parce que vous savez, ce n'est pas moi qui suis allé la séduire.

– Non, vous aviez bien trop peur d'elle. Ou peut-être de moi ? Ça se voyait. Serge, je n'étais pas sûr à 100 % qu'elle ne fît qu'un saut jusqu'à votre plumard, comme vous le dites élégamment. Mais il y avait des raisons qui me le faisaient espérer. Des raisons qui ne regardent que moi.

Serge médita un instant. Il revint aux détails pratiques.

– Il me faudra des gants, dit-il.

– Eh bien, ouvrez la boîte ! fit Maur.

– La boîte ?

– La boîte du même nom.

Serge ouvrit et trouva plusieurs paires de gants de chirurgien, qu'il empocha.

– Prenez-en une paire avec vous, dit Maur. Vous remarquerez que je gare ma voiture devant la villa des Goncourt. Nous continuons à pied.

Ils remontèrent le boulevard de Montmorency et s'arrêtèrent devant un immeuble du XIXe siècle.

– Vous enregistrez le numéro, dit Maur.

Ils traversèrent le jardinet, Maur tapa un code :

– Vous enregistrez le code et vous mettez vos gants.

Serge enfila une paire de gants de plastique transparent. Maur, malgré la chaleur, avait gardé ses gants de conduite à trous, en pécari. Ils traversèrent le vieil immeuble suivi d'une cour et arrivèrent devant un immeuble cubique et blanc, d'une originalité architecturale toute relative.

– Ici, pas de codes : ce sont les parlophones ou les clefs. Ne perdez pas celle-ci.

Serge lui prit la petite clef des mains et ouvrit la porte vitrée.

– Douzième, dit Maur.

Ils prirent l'ascenseur.

– Douzième gauche. Voici l'autre clef. Ne la perdez pas non plus.

Serge était surpris. Il avait toujours cru que les immeubles du boulevard de Montmorency, neufs ou vieux, embaumaient l'argent. Ils puaient la litière pour chats, comme celui de la rue de la Grange-aux-Belles.

– Ça ne sent pas meilleur que chez moi, dit-il, croyant démonter un peu Maur Theyssandier.

– C'est l'odeur de la démocratie, répondit l'autre.

Ils entraient dans un deux pièces soi-disant de luxe, avec salle de séjour anonyme et chambre à coucher incognito, kitchenette unisexe pour réchauffer des plats de chez Lenôtre et salle de bains, hélas un peu exiguë pour les partouzes, avec une savonnette Roger et Gallet et deux serviettes usagées. Des meubles modernes qui avaient dû coûter cher pour pas grand-chose. Deux toiles abstraites. Une planque, quoi. Une planque où on ne planquait pas souvent.

La salle de séjour donnait sur un balcon, et le balcon sur un paysage de toits parisiens : tuiles, plaques de zinc, murets de brique, échelles de fer, cheminées, antennes paraboliques. Serge se retourna vers Maur, qui le suivait :

– Où on est, là ?

– On est boulevard de Montmorency, lequel se trouve dos à dos avec la rue du Docteur-Blanche. Voyez-vous cet immeuble blanc à votre gauche ? Cent cinquante mètres à peu près ? Cette terrasse ombragée un peu en contrebas de nous, encombrée de plantes grasses ? Avec les grands vitrages derrière, bordés de rideaux rouge pompéien ? Et la piscine turquoise ?

– Je vois.

– Vous remarquez qu'il y a, à votre gauche, un parapet, et, à votre droite, un espalier, contre lequel j'ai essayé de faire monter des poiriers ?

– Je remarque.

– Entre les deux, vous avez un espace de six mètres environ où ma femme vient se faire bronzer entre midi et deux heures (je ne rentre pas pour déjeuner).

– Bon, mais une étude de balistique…

– Nous verrons cela tout à l'heure.

Serge prit note mentalement. Il rentra dans la salle de séjour, s'assit dans un fauteuil, posa un canon imaginaire sur le dossier d'une chaise. Il avait la terrasse des Theyssandier au bout de son pouce gauche couché au bout du fût et en haut de son pouce droit levé, au niveau du cran de visée.

– Pas de problème.

Ils ressortirent. Ce fut Serge qui ferma avec la clef et, lorsqu'il fit mine de la rendre, Maur esquissa un geste signifiant : « Gardez-la : c'est vous qui en aurez besoin. »

Dans l'ascenseur :

– Comment, le règlement ?

– Mais en petites coupures non numérotées. Nous avons lu Raymond Chandler, nous aussi. Ça fait un an que je thésaurise.

– Oui, mais quand ?

– Un quart à la signature du contrat. Les trois quarts restants... à l'acceptation du manuscrit. Ça vous va ?

– Alors quand, les cinquante ? fit Serge.

– Tout à l'heure.

Cinquante mille francs, cinq fois l'à-valoir des *Kangourous*. En espèces. Pas sujet à l'impôt. Tout à l'heure. Serge ôta ses gants.

Ils se retrouvèrent à l'air libre. La fin d'après-midi de juin était voluptueuse de brises et d'odeurs : un peu de végétal venu du Bois, beaucoup de goudron et d'hydrocarbures venus de la Ville. Idyllique. On avait envie de tomber amoureux pour la première fois.

– On marche, dit Maur.

Ils descendirent la rue Raffet et prirent la rue du Docteur-Blanche.

– Où on va maintenant ?

– On va chez moi chercher l'arme. Marie est au concert avec ce crétin de Roger qui lui tourne autour sans espoir depuis vingt ans.

Serge s'arrêta en plein milieu du trottoir :

– Chercher l'arme, déjà ?

– « Déjà » ? Pourquoi ? Tu as l'intention de te dégonfler ?

– Non, mais, oui, non, enfin, si vite... ?

– C'est pratique aujourd'hui parce que mon Polonais de gardien est fouineur et que je lui ai donné des billets pour le parc des Princes ou peut-être Roland-Garros, je ne sais plus très bien : en tout cas, il ne sera pas là pour nous voir passer.

De nouveau, ce fut l'ascenseur privé :

– la première fois, le mari, la femme et l'amant ;
– la deuxième fois, la femme et l'amant ;
– la troisième fois, l'amant et le mari !

L'appartement respirait toujours le luxe, le calme et la volupté. Les canaux et les bateaux, quoi.

– On monte chez moi, dit Maur.

Dans le vivarium qui lui servait de bureau et où trônait son ordinateur, il y avait aussi un bar à la porte transparente qu'il alluma d'un pouce sur un commutateur en disant négligemment :

– Servez-vous.

Serge se demanda un instant si c'était pour enregistrer ses empreintes digitales, mais des empreintes, il en avait laissé suffisamment l'autre soir, sans compter ses visites clandestines. Il ouvrit le bar :

– Je vous sers quelque chose, Maur ?

C'était tout de même pas mal de servir un verre au mari cocu et consentant, à son domicile et à ses frais, en attendant de lui dégringoler son épouse qu'on avait déjà culbutée. Ça faisait rêver.

– S'il vous plaît. Un Glenmorangie.

Serge prit un Bowmore pour lui-même et faillit s'étouffer sur l'odeur de tourbe.

Maur était monté sur un petit escabeau de bois à montures de cuivre pour atteindre les casiers d'acajou qui surplombaient son ensemble audiovisuel : chaîne, TV, CD, disquettes, cassettes, tout le tremblement. Il ramena un vieux sac de voyage de cuir râpé, de style britannique, l'air le plus John Bull et le plus benêt du monde. Il le posa sur le tapis et en tira le fût, la crosse et le canon d'une carabine à lunette.

– Vous savez remonter ce modèle ?

Serge remonta le tout, en quelques secondes : clic clac.

– Le talent, l'expérience, vous avez tout, dit Maur.

– Oui, répliqua Serge en ricanant méchamment,

pour une fois qu'il savait vraiment de quoi il parlait. Mais vous me faites rigoler : la lunette n'est pas étalonnée. Je ne peux pas tirer avec une casserole pareille.

Maur le regardait avec indulgence.

– Serge, dit-il, vous allez naturellement étalonner ce fusil dès demain matin dans votre club favori – Pontoise, peut-être ? Et on ne vous y posera pas de questions parce qu'on a l'habitude de vous y voir tirer avec le vôtre. Ils ne feront pas attention à la différence de marque si vous choisissez votre heure : pas de spécialistes ou alors trop de monde.

– Vous saviez que j'ai un fusil ? demanda Serge.

– J'en ai eu une confirmation récemment, mais vous ne vous imaginez tout de même pas que j'aurais recruté comme tireur quelqu'un qui n'aurait pas tenu une arme dans ses mains depuis vingt ans ? Sans compter qu'une 243 à culasse mobile et une 11,43 automatique... Vous savez, les listes d'adhérents de clubs de tir ne sont pas secrètes. Ni les scores qu'ils font. Vous n'êtes pas un champion, ce serait trop voyant, mais vous ne vous débrouillez pas trop mal non plus, à ce qu'on me dit. Cela fait un petit bout de temps que je vous suis. Tenez, voilà les cartouches.

Serge caressait la carabine et la lunette, lisses, confortables.

– Elles sont pas mal, dit-il. Ce sera dommage de s'en défaire. Qu'est-ce que vous préconisez ?

– Ça se discute, reconnut Maur. Si vous avez une dalle de béton en construction dont vous ayez la libre disposition, ce serait le mieux. Enterrer, c'est toujours aléatoire. Brûler, il n'y a que le fût et la crosse qui brûleront : pas d'intérêt. Si vous jetiez le tout sous un train, ils seraient encore capables de reconnaître les spires du canon sur la balle. La difficulté à faire disparaître un objet pourrait être le thème d'une grande thèse philosophique. Rien ne se crée, rien ne se perd. Avez-vous un accès facile et discret à un four crématoire ? Parce que là, les températures...

– Aucun accès.

– Alors l'eau, mon vieux, il n'y a que l'eau. Mais quelque part loin d'ici. *Joinville-le-Pont, Pon, Pon* (Maur chantonna) ? Ils peuvent drainer la Seine, mais ils ne le feront pas pour rien. Et, comme vous serez sorti du boulevard de Montmorency avec ce sac, jetez-le séparément du fusil. Simplement, ne cédez pas à la tentation de rien garder : la lunette, par exemple, c'est une Leupold.

Le parfum de Marie flottait dans l'appartement. Serge sentait de plus en plus qu'on avait besoin de lui. Son long nez s'allongea encore.

– Et, à propos, Maur, et les photos, vous les avez fait prendre où ?

S'il croyait toucher un point faible, il se trompait.

– Je vais vous montrer.

Maur ouvrit un placard.

– J'ai tout un dispositif, là. Vous comprenez, nous sommes juste au-dessus de notre lit. Alors tout est possible. J'ai les appareils, une caméra, préréglés. Je peux déclencher le tout à distance, ou à une heure programmée.

– Marie le sait ?

– Évidemment. Je lui ai souvent montré des photos d'elle. De nous ensemble. C'est plus personnalisé que les chaînes porno à la télévision. Disons que ça fait de l'effet. Surtout en Polaroïd, parce qu'on est encore à chaud.

– Alors vous gardez toujours la lumière allumée ?

– Ouais… selon les cas. Je ne suis pas encore équipé en infrarouge. J'allume, j'éteins, suivant l'inspiration.

– Vous êtes un beau salaud, Maur.

Le nom « Maur » commençait à sortir de mieux en mieux et avec toujours plus de répulsion : « Mauauauaurrr ! » Maur se mit à rire.

– Voyez-moi ça ! L'hospice qui se moque de l'hôpital ! On ne va pas faire de concours de saloperie, non ? Qui se renifle tout le temps pour s'assurer qu'il ne pue pas : c'est vous ou c'est moi ? Bon, vous prenez le fusil. Je vous ai dit : elle est là de midi à quatorze heures, après quoi elle doit manger un yaourt ou quelque chose.

– Et la bonniche ?

– Pas là les week-ends. Nous sommes mercredi. Samedi serait un bon jour. Je vais dans notre propriété du Périgord. Je devrais dire « sa ». Faisait partie de sa dot.

– Vous n'avez pas d'inquiétude du côté de vos beaux-parents ? Ils pourraient prendre ça plus au sérieux que les flics.

– Alors ça, aucun souci, mon vieux : M. et Mme Dupont nous ont quittés pour un monde meilleur depuis un bout de temps. Marie n'a ni frères, ni sœurs, ni cousins, ni amis proches : elle n'a que moi, nous jouons sur du velours, moi et vous. Je vous choque ? Alors changez de métier.

Serge n'y songeait pas. Il trouvait seulement, petit-bourgeois qu'il était, que certaines choses se font mais ne se disent pas. Il vida d'un trait son reste de pur malt, se mit debout, souleva le vieux sac de voyage anglais où avait disparu la carabine démontée et montra par toute son attitude qu'il était prêt à partir.

– On y va ? dit Maur.

– Si tu veux, dit Serge. Mais tu sais, pour moi, en ce moment, tu as beau causer aussi bien que tu causes, il n'y a rien de fait, hein. Rien. Pas ça. *Nada, nichts, nitchévo.*

Il reposa le sac sur la moquette épaisse et, pour profiter de l'effet de surprise, se rassit, boudeur, dans une demi-sphère de cuir tendue sur six bouts de bois agressivement primitifs qui faisaient pendant aux masques nègres sur le mur en face.

Chapitre XVII

Maur le dévisagea avec amusement :

– Ça vous rassure de me tutoyer ? Moi, ça ne me dérange pas, faites-vous plaisir. Quel est votre problème, monsieur Maltèse ?

– Mon problème, dit Serge, c'est que, moi non plus, je n'aime pas qu'on se paye ma tête, surtout quand je cours des risques. Vous m'avez dit que le problème balistique, on verrait ça tout à l'heure. Moi, ça m'intéresserait qu'on en parle. Parce que vous comprenez, les flics, quand on vous vole la montre de votre grand-père, ils rigolent doucement. Mais quand ils ont un macchab sur les bras, ils s'activent. Tous les immeubles qui entourent le vôtre seront passés au peigne fin, ne me dites pas que vous n'y avez pas pensé. Alors, cette planque que vous m'avez montrée et où vous devez faire des parties fines, ils vont la trouver vite fait. Bon, d'accord, j'aurai emporté la douille, et ils ne pourront pas être certains que la balle sera partie de là et non pas du balcon voisin. Mais ils vont mesurer approximativement l'angle d'impact. D'après les dégâts, ils auront une idée de la distance. Bref, ils sauront à peu près d'où ça vient. Et, comme il y a des chances pour que les appartements voisins soient occupés par des gens peu soupçonnables, votre piaule, elle ne va pas échapper à leur attention.

– Mais rien, mon cher monsieur Maltèse, ne vous lie à ma « piaule », si vous n'y laissez aucune trace révélatrice.

– Justement. Est-ce que vous prétendez vraiment me faire croire que vous croyez que la police va classer une affaire d'assassinat uniquement parce qu'on ne sera pas tout à fait sûr d'où sera parti le coup de feu ? Mais ils ont mille autres manières d'enquêter, voyons. Les inconnus dans le quartier. Les gens que vous connaissez. Qui, dans votre entourage, est susceptible d'en vouloir à votre femme ? Moi, vous allez publier mon bouquin, vous me consultez sur la torture, vous pensez que ça passera inaperçu ? Vous pensez qu'ils ne vont pas tous nous gratter jusqu'à l'os ? Et alors moi, mettons qu'on ne sache rien sur les Abadie, mais il y a tout de même un service militaire terminé d'une façon un peu spéciale ? Vous croyez qu'ils ne vont pas s'en apercevoir ? Et que je fasse du tir, et que je ne me débrouille pas trop mal, ça ne vous a pas échappé à vous, mais à eux, qui sont des professionnels, ça devrait leur échapper ? Vous vous moquez de qui, là, au juste, Maur ? Supposons que vous soyez naïf. Mais alors, moi, je ne m'embarque pas avec un naïf parce qu'on va couler tous les deux, et sûrement pas moi tout seul.

Ils se regardèrent.

Les yeux gris vert dans les yeux bleu soutenu.

Le destin.

Theyssandier fit un tour dans le bureau tout en vitres verdâtres, luxueusement luisantes, les mains dans les poches du pantalon retroussant le blazer armorié, le derrière bas, mais rond et ferme. Il revint à Serge. Il souriait de toutes ses dents, faites pour croquer des carcasses de crabes, et le considérait de haut en bas :

– D'accord. Un point pour vous. Donc, je ne m'étais pas tellement trompé : vous avez de la ressource cervicale. Bien sûr, ils trouveront le poste de tir, et ensuite le seul tireur possible : vous.

– Vous aviez tout simplement l'intention de me sacrifier. D'où les motifs passionnels que vous avez accumulés contre moi.

– Mais non, Serge.

Maur se percha sur l'accoudoir du fauteuil club, le seul vraiment confortable du bureau. Il se balançait légèrement, et il balançait le verre de Glenmorangie dans sa main chaudement refermée dessus. Serge le regardait de biais, sachant que lui, Serge, tenait le bon bout, courbant l'échine pour le moment, et craignant par-dessus tout de se trahir.

– Il y a une fausse piste, avoua Theyssandier.

– Je vous attendais là, remarqua Serge.

– Ah ! vous me plaisez. Vous avez oublié d'être idiot. Mon demi-frère n'avait pas trop mal choisi son acolyte. Vous voulez savoir ? Ça me rassure. Je n'aime pas m'associer à des crétins. Enfin, quelquefois on ne choisit pas, hein ? Ouais, il y a une fausse piste. Bien sûr, ils vont mettre l'appartement sens dessus dessous, et, à part une savonnette et deux serviettes usagées, que je vous ai vu repérer, vous savez ce qu'ils vont trouver ?

– Dites-moi.

– Ah ! vous n'avez pas pensé à regarder ? Là, vous me décevez. Un lit où on a couché. Une personne. Un mâle, s'ils arrivent à analyser les traces et l'after-shave.

Douteux, parce que le passage remonte à un certain temps. Et, s'ils vont jusque-là, et ils iront jusque-là, au fond du crapaud dans le salon, tout au fond, entre le siège et le dossier, vous ne voulez pas deviner ?

– Quoi ?

– Un shekel. Une pièce d'un shekel. Elle y est déjà.

– C'est quoi, un shekel ?

– La monnaie israélienne.

– Mais pourquoi une pièce israélienne ?

– Parce que, en ce moment, la majorité des professionnels qui se spécialisent dans ce genre de sport sont soit israéliens soit palestiniens. Comme tels, ils ont dans leurs poches des shekels, lesquels shekels glissent quelquefois dans les fauteuils sur lesquels ils posent leurs anatomies généralement circoncises, peu importe que ce soit en l'honneur d'Allah ou de Iahvé.

– Ce serait donc un tueur israélien…

– Ou palestinien. L'intérêt de cette région du globe, c'est que les Palestiniens sont les meilleurs terroristes, et les Israéliens les meilleurs contre-terroristes : or, le shekel est la monnaie de base pour les uns comme pour les autres. Les flics français n'auront que l'embarras du choix.

– Bon, le shekel au fin fond du fauteuil, c'est astucieux, mais les flics vont tout de suite voir que c'est astucieux, donc se méfier. Et moi, il va tout de même me falloir un alibi pour que votre fausse piste soit le moins du monde acceptable.

– À vous de voir. Vous pouvez sûrement vous arranger un alibi en béton avec une petite amie complaisante, mais je crains qu'un alibi en béton ne suscite des soupçons. Un alibi approximatif est infiniment plus vraisemblable. À votre place, j'irais faire des recherches sur la torture à la bibliothèque Sainte-Geneviève, je m'éclipserais une demi-heure, une heure au maximum, en gardant ma place, ce qui passerait parfaitement inaperçu, et je reprendrais mes chères études sur la torture après un bref aller-retour. Après tout, vous avez bien le droit d'aller vous empoisonner chez MacDonald. L'essentiel pour vous, c'est de ne rien nier ni de vos attaches avec la maison Theyssandier, ni de votre expérience de tireur d'élite : par exemple, vous n'hésiterez pas à exhiber votre fusil personnel. Vous devez être transparent, mon cher Serge, positivement transparent.

– Ça, je sais, et je crois que je saurai y faire, Maur, même s'ils découvrent l'affaire de ma désertion qui, par parenthèse, doit être prescrite depuis belle lurette.

– Oh ! on ne sait jamais ce qui est prescrit et ce qui ne l'est pas. Les délais courent, mais il y a des procédures qui les interrompent… À votre place, je me méfierais. Votre désertion, peut-être, mais un double assassinat…

Les yeux de Maur pétillaient d'ironie. Serge reprit :

– Vous avez beau me répéter que vous jouez franc-jeu avec moi, vous êtes vachement discret. Cet appartement, par exemple, à partir duquel je vais faire du tir à tuer, vous êtes sûr qu'il n'y a rien pour le rattacher ni à vous ni à moi ? Vous ne l'auriez pas loué sous mon nom, par exemple, Maur, pour mieux me mouiller ? Vous voyez que je vous fais toute confiance.

Serge était toujours écartelé sur sa selle design, et il guignait Theyssandier d'un œil en pointe, dans le style à malin malin et demi. Theyssandier alla reprendre du Glenmorangie, revint, s'assit tranquillement dans le fauteuil club en face de Serge, et leva son verre en une espèce de toast gentiment ironique :

– Disons que vous m'impressionnez par vos capacités de déduction. Oui, j'ai compris, il faut que je lâche du lest, mais, franchement, cela me fait plaisir, parce que entre êtres intelligents on peut toujours s'entendre, tandis qu'avec les bêtes... (« Je le tiens, pensa Maltèse. Les "êtres intelligents" finissent toujours par l'être trop pour leur propre bien. ») Vous voulez savoir à qui appartient l'appartement du boulevard de Montmorency ? Je vais vous le dire. À Marie. Je le lui ai fait acheter sous prétexte de faire un investissement. Elle le loue et touche l'argent de la main à la main. Un grand crime, je suppose, du point de vue du fisc, mais elle ne sera plus là pour en répondre, et votre serviteur le légataire universel fera passer l'affaire par profits et pertes.

– Qui paye ce loyer ? demanda Serge.

Maur haussa un sourcil.

– Moi, bien sûr. Sous un faux nom.

– Et Israël ? Comment ça entre dans le jeu, Israël ?

– Vous voulez vraiment tout savoir, hein ?

– De préférence.

– Eh bien, il y a trois mois, nous avons fait un voyage en Israël et je me suis arrangé pour attirer l'attention sur nous à l'ambassade de France. J'ai été rappelé d'urgence et Marie est restée plusieurs jours sans moi à Jérusalem. J'avais demandé à l'ambassadeur de lui présenter quelques jeunes hommes intéressants. Elle s'est beaucoup amusée. Paraît-il.

– Bon, mais il n'y a pas encore là de quoi l'assassiner, ni pour les Israéliens ni pour les Palestiniens.

– Malheureusement, Marie a été imprudente. Après

avoir visité un camp palestinien, elle a dit haut et fort – je l'y avais poussée, bien sûr – que c'était scandaleux de traiter des êtres humains de cette façon.

– Vous voyez que vous arrivez à me la dérouler, votre fausse piste. Encore un petit effort ?

– Eh bien…

Maur semblait hésiter.

– Eh bien, lorsque la police fouillera dans les affaires de Marie, elle y trouvera une enveloppe un peu crasseuse, achetée à Jérusalem, non timbrée, avec son adresse dessus, et dedans…

– Dedans ?

– Dedans, une feuille de papier quadrillé avec un seul mot, en arabe : *choukrane.*

– Signifiant ?

– « Merci ».

– Pourquoi non timbrée ?

– Parce qu'elle peut avoir été remise de la main à la main, que je n'allais pas retourner à Jérusalem pour la poster de là-bas et que je ne voulais mettre personne dans la confidence. Postée de France, cela faisait moins sérieux.

Serge termina son verre, se leva, alla au bar et changea de whisky, au hasard. Il se retrouva avec du JB. Il ne remarqua pas la différence. Il jubilait intérieurement et voulait le cacher.

– Un joli montage que vous avez élucubré là, Maur. Le véritable assassin ne peut pas manquer d'être soupçonné dans un premier temps, et, dans un deuxième, il y a de quoi faire travailler toutes les méninges du 36, si bien que le premier suspect a des chances de se faire oublier, comme dans l'affaire de Styles, dans Agatha Christie. Bravo. Je pense que je vais tout de même forcer sur l'alibi. J'ai une amie qui est toujours en retard et qui ne veut jamais l'admettre. Si je lui donne rendez-vous mettons à 13 heures, elle est sûre d'arriver à 13 heures 30 et de maintenir dur comme fer que c'est ma montre qui avance.

– C'est ce que j'appelle une relation utile.

Maur reposa son verre.

– Il nous reste quelque chose à nous dire ?

Serge fit le geste de palper des biffetons.

– Ah ! c'est vrai.

Maur alla à son bureau et y prit une grosse enveloppe kraft qu'il lança négligemment dans les mains de Serge qui la décolla avec son doigt et compta le contenu en prenant son temps : il y avait 10 billets de 500 francs, soit 5 000 francs ; 100 billets de 200 francs, soit 20 000 francs ; 250 billets de 100 francs, soit 25 000 francs. Le compte était bon. Serge vérifia les numéros des billets : ils ne se suivaient pas. Maur le regardait d'un œil ironique pendant qu'il faisait son jeu de patience sur le divan :

– La confiance règne ! Vous savez que je n'ai aucun intérêt à vous rouler.

– Oui, non, moi non plus, dit Serge en distribuant l'argent dans ses poches. Comment est-ce que je touche le reste ?

– Le plus simplement du monde : en venant me faire vos condoléances. L'assassinat sera sûrement annoncé dans *Le Journal du dimanche*, et lundi, moi, je serai au bureau. Désespéré mais héroïque. Vous voyez le genre. J'oubliais le principal. On oublie toujours quelque chose. Quand ce sera fait, téléphonez-moi au bureau. Samedi, il n'y aura personne que moi. Vous me demanderez un rendez-vous pour parler de l'*Encyclopédie*.

Si, par hasard, vous avez manqué votre coup, demandez-moi un rendez-vous pour parler des *Kangourous*, et, quoi que je vous dise, filez immédiatement au hammam. C'est le seul endroit où je suis sûr que vous ne recommencerez pas vos bêtises. Allez, ciao. Je ne vous ramène pas : vous avez de quoi prendre un taxi.

Serge sortit, très satisfait de lui.

« Theyssandier se croyait très malin de me faire de l'action psychologique avec ses press-books, mais moi, maintenant, je le tiens pour de bon. »

Chapitre XVIII

Il rentra chez lui dans un état second.

Il commença par monter et démonter le 243 plusieurs fois, l'huilant soigneusement, dépoussiérant la lunette, manœuvrant la culasse, vérifiant l'approvisionnement. L'arme était légère, agréable à épauler, vivante. Pour quiconque aime tirer, une arme n'est pas une chose, même pas un outil : c'est un organe supplémentaire. Déjà l'idée qu'il faudrait se débarrasser de ce pseudopode si sympathique attristait Serge, bien qu'il s'interdît encore de penser à ce que toute cette affaire allait signifier pour lui : il gardait cela pour s'en délecter au lit, comme les enfants gardent des histoires à se raconter pour s'endormir en suçant des bonbons.

Il s'offrit une excellente choucroute *Chez Jenny* et rentra à pied, de la meilleure humeur du monde. Avant de se coucher, il téléphona à Annabelle pour l'inviter à déjeuner samedi. Elle était libre. Chouette.

– 13 heures précises, hein. J'ai à faire ensuite.

– Enfin, Serge ! Tu connais ma ponctualité maladive.

Elle aurait quarante minutes de retard et jurerait si fort qu'il n'était que 13 heures qu'elle arriverait à se le faire croire.

Il se coucha, il éteignit. La féerie commença.

L'homme est un carnivore et un prédateur : il lui est naturel de tuer, n'en déplaise aux végétariens. La civilisation moderne a guéri beaucoup d'entre nous de ces instincts déplorables. Peu d'hommes imaginent encore qu'on puisse faire la guerre pour le plaisir ou se battre en duel pour un point d'honneur. Pourtant, il n'y a pas si longtemps, c'étaient des attitudes courantes, tenues même pour hautement recommandables. Le complexe de Rodrigue... De nos jours, qui d'entre nous sait s'il serait capable de tuer, fût-ce pour défendre sa vie ou celle d'un être cher ? Les uns sont sûrs que oui, les autres que non : soumis à l'épreuve beaucoup seraient surpris, dans un sens ou dans l'autre. Pour Serge, c'était autre chose : il aimait tuer et déplorait que la vie contemporaine lui en offrît si peu d'occasions. Il aurait pu, bien sûr, essayer de s'engager dans quelque groupe de mercenaires ou dans quelque police parallèle où la possibilité se fût présentée plus souvent, mais il ne brillait pas par le courage physique et se trouvait donc forcé, dans ce domaine, à une continence qui lui pesait de plus en plus. Il éprouvait pour Maur une sorte de reconnaissance du bas-ventre pour l'en avoir libéré. Cent fois, il repassa dans sa tête le film du futur assassinat : la forme voluptueuse de Marie étendue sur un drap de bain et sa main à lui se refermant sur la queue de détente. Il se demanda si Marie serait nue, ou demi-nue, en maillot d'une pièce ou de deux... L'idée d'entrer de cette nouvelle manière dans un corps qui lui était déjà familier l'excitait au plus haut point. Il se dit qu'il allait proposer à Annabelle de se retrouver ensemble le soir et qu'il lui en ferait voir de toutes les couleurs. Il la ferait gémir,

Annabelle, il la ferait hurler, et pourtant elle ne saurait même pas qu'elle était dans les bras d'un tueur ! Toutes les mêmes, ces femelles.

Le lendemain matin, il se leva plein d'allant.

Il se munit de ses jumelles.

Il commença par aller louer une voiture et se força à prendre une petite Renault grise alors qu'il avait plutôt des envies de Ferrari écarlates.

Il acheta, dans le magasin économique du boulevard Péreire, un sac de golf qui lui permettrait d'emporter la carabine toute montée, avec la lunette, sans attirer l'attention.

Il acheta un fax.

En rentrant, il essuya soigneusement la carabine, le fax et le sac. Il se promit de ne plus jamais les toucher qu'avec des gants.

Il enfila ses gants.

Il mit le fax et la carabine dans le sac.

Il mit le sac dans le coffre de la Renault.

Il traversa Paris et chercha une place boulevard de Montmorency, au plus près de l'immeuble qui l'intéressait, pour être vu le moins possible dans le voisinage. Il laissa le sac contenant la carabine dans le coffre mais emporta le fax.

Il était déjà onze heures et demie quand il tapa le code et poussa la lourde porte de verre à montures de cuivre. Dans le jardin, il croisa une dame blonde qui emmenait son yorkshire-terrier se promener au Bois. Il dissimula sa tête derrière le sac de golf qu'il portait à l'épaule.

L'ascenseur était vide.

Au douzième étage, il enfonça la clef dans la serrure et, malgré tous ses efforts, constata que l'une n'ouvrait pas l'autre.

Il fut pris de panique, faillit redescendre, se força à se calmer, à s'orienter, et devina qu'il s'était trompé de porte : il besognait celle de droite, il lui fallait celle de gauche. Celle de gauche s'ouvrit sans anicroche.

Le petit vestibule, l'odeur de renfermé, les meubles modernes, d'un luxe de confection. La planque, quoi.

Il passa la main entre le dossier et le siège du fauteuil et en ramena une pièce d'un shekel. Il la remit à sa place.

Il ouvrit la porte-fenêtre qui donnait sur le balcon et, sans trop se montrer, chercha des yeux la terrasse des Theyssandier. Il retrouva l'espalier, le parapet, le foisonnement des plantes grasses.

Il installa un fauteuil à l'intérieur de la salle de séjour, de manière que, demain, aucun reflet ne vînt révéler la présence de la carabine ou de la lunette qu'il manipulerait.

Et une chaise, de façon à poser le canon de la carabine sur son dossier, pour avoir un appui.

Il braqua ses jumelles sur la terrasse.

Ce n'était pas un drap de bain qui était étendu au bord de la piscine, mais une natte de paille tressée, dont il distinguait les brins. Il n'y avait personne dessus. Il regarda sa montre. Midi moins dix. Il attendit.

Il était midi trois quand Marie se montra.

Elle portait un déshabillé qu'elle ôta aussitôt et qu'elle jeta sur une chaise. Elle apparut alors dans un costume de bain une pièce qu'elle enleva aussi, et qu'elle déposa sur la même chaise. Nue, avec son casque de cheveux blonds brillant au soleil, Serge la trouva superbe. Il se dit, avec une volupté égale, qu'il avait possédé ce corps et qu'il allait le détruire.

À aucun moment, Marie ne regarda autour d'elle.

Elle avait apporté un chapeau de paille, un livre et des lunettes de soleil. Elle se coiffa du chapeau et s'allongea sur le tapis. Il y avait quelque chose de piquant dans le fait qu'elle fût chapeautée et nue. Elle mit ses lunettes de soleil de grand couturier qui lui cachèrent la moitié du visage, soupira profondément et ouvrit son livre.

Serge s'imagina levant la carabine, la braquant sur Marie, et mettant le réticule de la lunette sur la tête, à l'endroit où, sous le chapeau, devait se trouver la tempe droite de Marie. Du doigt, il caressait la queue de détente, la pressant d'abord jusqu'à la première bossette, puis jusqu'à la deuxième. À fond.

– Morte, chuchota-t-il.

Il retrouvait la voluptueuse sensation de toute-puissance qu'il avait éprouvée lorsque le couple Abadie s'était tenu devant lui sur le perron de la ferme, et en deux ou trois autres occasions. Dieu doit avoir éprouvé la jubilation exactement inverse quand il a créé la vie.

Serge aurait pu aller chercher la carabine dans le coffre de la Renault et « passer à l'acte » aujourd'hui, sauf que Theyssandier n'était pas prévenu et que Khedidja rôdait quelque part dans l'appartement. Surtout, Serge n'avait pas étalonné la lunette, et par conséquent il risquait de découronner une cheminée ou de traverser une antenne parabolique plutôt que d'atteindre son objectif. D'ailleurs l'idée d'attendre le lendemain était agréable : il est bon de prolonger le plaisir.

– Au revoir, Marie. *So long, Auf Wiedersehen,* ciao, comme dit Maur. Passons aux choses sérieuses.

Il installa le fax sur la prise du téléphone, l'essaya,

constata que tout marchait, remit le téléphone en place.

Il quitta l'appartement.

L'ascenseur s'arrêta au quatrième étage et un gros monsieur à lunettes carrées monta. Serge regretta de n'avoir pas acheté de journal pour pouvoir y plonger le nez. Mais le monsieur lui tourna aussitôt le dos sans l'honorer d'un regard, et, au rez-de-chaussée, Serge prit son temps pour sortir.

Il reprit sa voiture et alla déjeuner dans une brasserie de la porte Saint-Cloud : un steak frites, un bon steak frites, bien juteux, avec une demie Beaujolais.

Il avait décidé de ne pas aller étalonner sa lunette à Pontoise : trop risqué. Il avait un ami, Paulo, qui possédait une maison de campagne isolée, avec un grand jardin, dans la région de Dreux. Ils y faisaient quelquefois des ball-traps ou des tirs de perfectionnement à la 22. Les cibles étaient dans la cabane à outils et Paulo n'arrivait jamais que le samedi.

Comme Serge l'avait prévu, il n'y avait personne dans la fermette retapée, ni dans les environs.

Il poussa le portillon qui donnait sur le jardin et prit les dispositions ordinaires. Le chevalet, dos à un talus qui formait butte. La cible, punaisée au chevalet. Lui, Serge, à l'autre bout du jardin. La distance, bien sûr, n'était pas la bonne : soixante-quinze mètres en tout, mais il suffirait d'obtenir un groupe d'impacts très serré pour être sûr de réussir presque aussi bien à une distance double.

Serge aimait tirer. Il aimait la minutie des préparatifs, le côté tatillon et psychosomatique de la chose.

Il s'installa dans la position du tireur couché, la plus stable.

Il tira trois cartouches sans vérifier les impacts. Puis il alla aux résultats.

Il avait mis deux balles dans le même trou, une autre à trois centimètres – un coup de doigt ou alors une bouffée de vent –, le tout en haut à droite du centre.

Il revint à sa place, fit tourner les molettes de la lunette avec une pièce de cinquante centimes, reprit position.

Encore une salve de trois.

De nouveau, aux résultats.

Cette fois-ci, les trois trous formaient un triangle dont ils étaient à la fois les angles et les côtés : un groupement parfait, dans le noir, mais pas au centre du noir, un peu à gauche en bas.

Nouvel essai.

Cette fois-ci le groupement était moins bon, mais il encadrait le centre à quelques millimètres près. Ça suffisait.

Serge poussa un grognement de satisfaction et reprit le chemin de Paris. En passant, il jeta la cible et les douilles dans une poubelle anonyme.

Il se demanda s'il inviterait une copine – on était vendredi et il y en avait toujours de laissées pour compte – mais il décida de n'en rien faire. Il passerait la soirée tout seul, à jouir gravement de toutes les perspectives qui s'offraient à lui, la moindre n'étant pas celle de presser cette détente pour de vrai. Dommage qu'au moment où il tirerait Marie fût déjà couchée : c'est tellement plus jouissif de voir le corps tomber.

Chapitre XIX

Theyssandier croyait sa machine bien agencée.

Maltèse avait tout gobé et tout devait se dérouler comme prévu, hormis la possibilité d'un moment de panique in extremis. Mais Maltèse n'avait pas assez d'imagination pour paniquer. C'était une âme simple, à supposer qu'il eût une âme, ce qui n'était pas évident : Maltèse était un doigt sur une queue de détente. Il avait toujours été ainsi : lâche, bête, confiant, et un tireur hors de pair.

Le jeudi soir, Maur avait un dîner et, quand il rentra, Marie dormait déjà. Il la regarda dormir, non sans un rien de perplexité. Il la connaissait si peu, si mal. Il l'avait rencontrée dans un cocktail littéraire, à un moment où il songeait sérieusement à déposer le bilan des éditions Theyssandier. Elle avait attiré son regard par cette allure apeurée qu'elle avait. Au demeurant, avec sa crinière d'or et sa silhouette ondoyante, elle ne manquait pas de séduction. Et lui, à cette époque, était plutôt un chaud lapin. Il se demanda, pour la millième fois, ce qui lui arrivait maintenant, et, pour la millième fois fit de sa femme la chèvre émissaire de son impuissance. Les hommes sont comme ça. « Je suis sûr que c'est psychologique. Dès que je serai débarrassé d'elle, je retrouverai mes moyens. »

Bien sûr, il aurait pu vérifier où il en était rien qu'en jetant le mouchoir à sa secrétaire qui n'en attendait pas davantage, ou, franchement, à pas mal d'autres femmes qu'il rencontrait dans ce qu'il appelait le monde : il était présentable, l'ami Theyssandier, avec son vaste front serein, ses yeux bleu de Prusse, ses dents d'ogre, son torse bien découplé. Pourquoi ne l'avait-il pas fait ? Il ne se l'avouait pas en autant de mots. La nécessité de se débarrasser de Marie Dupont pour jouir sans contraintes de sa fortune était acquise, mais qu'elle fût castratrice et peut-être nymphomane rendait la chose un tout petit peu plus présentable. Si Maur faisait l'essai et qu'il se révélât négatif, il se retrouverait sans prétexte convenable pour agir. Or, sans vraiment être dupe des mensonges qu'on se raconte, on aime tout de même bien se dorer un peu la pilule de sa propre personnalité. C'est une question de bon ton plutôt que de bonne conscience. Serge avait tout le temps l'impression de sentir mauvais. Maur ne souffrait d'aucun fantasme de ce genre : il utilisait une eau de Cologne à la bergamote. Il s'étendit auprès de sa femme en se disant que c'était l'avant-dernière fois.

Le lendemain, vendredi, au petit déjeuner, il fut gai, attentionné : c'était comme s'il pardonnait à Marie de vivre, puisqu'elle n'en avait plus que pour vingt-quatre heures. Il déjeunerait avec un écrivain qu'il espérait débaucher d'une autre maison d'édition en lui donnant 12,5 % de droits d'auteur au lieu de 12, mais il était libre à dîner : Marie voulait-elle dîner avec lui ? Où voulait-elle ? *Chez Ludmila* ? Parfait. Pas trop tôt ? Ça l'arrangeait. Le vendredi, il aimait bien rester au bureau après tout le monde, faire le bilan de la semaine, dicter le courrier pour lequel il n'avait pas encore trouvé de temps. Il passerait la chercher vers 21 heures. Elle aimait bien s'habiller : chez Ludmila, elle le pouvait, sans être ridicule. Lui-même n'aurait pas la possibilité de rentrer, mais il mettrait dès le matin un costume sombre. Il dirait à sa secrétaire de faire la réservation.

Chez Ludmila, ce fut comme d'habitude, velours rouges et nappes damassées blanches, deux maîtres d'hôtel en chemise russe, l'un qui faisait Turc et un peu videur, l'autre un Philippin mignon. Andrioucha chantait des airs soviétiques d'un air languide en faisant des mines, Vanioucha l'accompagnait, se laissant manger le borchtch sur la tête par lui. Il y avait là Jacques Chancel et le prince Galitsine. Le comte Chérémétieff chanta une romance ravissante d'une voix de haute-contre. Les lumières baissèrent sur la salle, montèrent sur le piano. Ludmila entra, scintillante et tintinnabulante de boucles d'oreilles, de colliers et de bracelets. Applaudissements. Elle s'installa, sourit d'extase, s'exclama :

– Quel poublic !

C'était un rite : elle disait « Quel poublic ! » tous les soirs. Elle égrena quelques arpèges :

– Pour commencer, voulez-vous chanson gaie ou chanson triste ?

– Gaie ! cria Theyssandier.

– Très bien, vous aurez chanson triste.

C'était parti : le charme slave ne tarirait plus de la soirée.

Theyssandier commanda ce qu'il y avait de plus cher : vodka, champagne, caviar, saumon, chachlik. Il s'en fit même un léger mérite : aujourd'hui, il payait encore avec l'argent de sa femme, mais demain cet argent aurait été à lui. Il n'éprouvait aucune hostilité à l'égard de Marie, il voulait lui offrir la meilleure des soirées possibles. Tout en lui versant du champagne, il la regardait et se disait :

– Dans treize heures, dans douze heures, son cœur ne battra plus, ses poumons ne respireront plus et ses yeux gris devenus fixes ne verront plus rien. Je pourrais, bien sûr, donner un contre-ordre à Maltèse et Marie vieillirait à mes côtés. Je ne donnerai pas ce contre-ordre.

Mais il n'en retirait aucune volonté de puissance. Il prenait acte de la situation, voilà tout. De temps en temps, il avait la vision des futurs bureaux de la maison Theyssandier. Sur la place Saint-Sulpice, avec vue sur les deux fontaines et sur l'église que traversait le méridien de Paris figuré par un fil de cuivre encastré dans le dallage. Un immeuble entièrement reconstruit à l'intérieur avec un patio rond autour duquel se loverait en spirale un escalier de marbre et sur lequel donneraient les bureaux. Des tapis sur des cartons de Poliakoff, des lustres de Baccarat, des miroirs de Romeo, peut-être des fresques de Mathieu… Le tout moderne, bien sûr, mais fastueux. La spirale deviendrait l'emblème, le logo, comme on disait maintenant, des éditions Theyssandier. *Quo non ascendam ?* On la retrouverait sur toutes ses couvertures nouvelle manière. Tantôt serpent, tantôt vis, tantôt vrille, tantôt colimaçon, tantôt trajectoire de balle, selon l'esprit de chaque collection… Un des symboles les plus riches de notre civilisation : cercle dans un univers à deux dimensions et ligne ascendante dans la troisième. Les plus grands écrivains français et étrangers voudraient publier sous le signe de la Spirale. Maur avait maintes fois expliqué tout cela à Marie, mais elle n'avait rien voulu entendre, et, comme ils étaient mariés sous le régime de la séparation, il n'avait vraiment pas le choix. Elle était radine, voilà le fin mot de l'affaire. Il lui caressait gentiment le poignet par-dessus la table et pensait qu'il s'offrirait bien un petit yacht pour faire des croisières en Méditerranée. Il n'avait pas encore décidé s'il aurait une coque en bois – plus chic et plus chère – ou en plastique – presque pas d'entretien –, quand Marie lui dit :

– Tu t'amuses beaucoup ? Tu ne veux pas qu'on rentre ?

– Tu es fatiguée ? fit-il avec empressement.

Il l'avait trouvée charmante pendant toute la soirée.

– Angoissée plutôt. Tu sais comme je suis. Tu es bon de ne pas m'en vouloir.

Ils rentrèrent.

Pendant qu'elle prenait son bain, il se mit à son ordinateur. Toute l'opération était codée et surcodée, mais il n'avait plus besoin de toutes ses notes, et, avec la police, on ne sait jamais. Il ouvrit le fichier en compagnie duquel il vivait depuis deux ans, l'effaça, effaça le double, effaça la disquette. Il n'y avait plus aucune trace de tout ce qu'il avait projeté et qui allait se réaliser demain. Aujourd'hui, plutôt : il était minuit largement passé.

Il prit sa douche, eut soudain envie que la dernière soirée de Mme Theyssandier fût agréable de toutes les manières et décida de s'y employer. Non qu'il suffoquât de désir, mais il se sentait valide et même passablement excité par la situation. Un soupçon de nécrophilie ?

Les photos de Marie dans les bras de Serge l'inspiraient aussi. Plein d'optimisme, il mit en marche sa caméra – « Ça me fera des souvenirs » – et rejoignit Marie au lit. Elle lui ouvrit les bras comme si elle s'attendait à le voir amoureux.

– Tu veux bien qu'on essaye ? dit-il d'un ton fat.

Elle lui répondit un de ses « bien sûr » de soumission.

Hélas, rien n'y fit. Rien. Pas même les lunettes. Il n'avait jamais été aussi paralysé.

Il finit par s'endormir en se disant avec soulagement qu'il avait été humilié pour la dernière fois : une bonne nature, Maur, il trouvait toujours comment se consoler.

Le lendemain matin, il se réveilla avant Marie. Froidement, il lui jeta un coup d'œil en coin, pelotonnée-recroquevillée qu'elle était en chien de fusil à côté de lui, comme si elle voulait se protéger contre quelque chose. De ses yeux, on ne voyait que ses cils, clos sur un mystère voué à la disparition. Il n'éprouvait plus pour elle l'espèce de sympathie qu'elle lui avait inspirée chez Ludmila. Il lui avait dit adieu la veille. On n'allait pas faire de sentiment. Si elle se réveillait, cela abîmerait la simplicité élégante de son départ. Il s'éclipsa le plus rapidement possible. Sans regret.

Il prit son petit déjeuner dans un bistroquet de la rue des Martyrs et fit jouer sa clef avec plaisir dans la porte des éditions Theyssandier.

C'était samedi. Il était tôt. Personne au bureau, sauf deux Pakistanais qui faisaient encore le ménage. Il pourrait travailler tranquille.

Et en effet il travailla, abattant en deux heures de solitude et de calme plus de boulot qu'en trois journées de rendez-vous, de conférences et de téléphones. Il se concentrait. Il ne pensait pas du tout à ce qui allait arriver à Marie dans les heures qui allaient suivre. Il prenait des notes : réseaux de distribution, clubs du livre, publicités toujours réclamées par les auteurs et toujours inutiles, prix littéraires à envisager pour la rentrée, influence discrète à exercer sur certains membres de certains jurys…

La sonnerie du téléphone le tira de l'abîme studieux où il avait sombré. Il jeta un coup d'œil à sa pendulette en malachite. Il était déjà 12 heures 20. Il décrocha.

– Allô ?

– Maur Theyssandier ?

– Qui le demande ?

– Moi. Je suis sur place et j'ai à te parler.

Ni *Kangourous* ni *Torture* ? Quelque chose devait clocher sérieusement.

– Eh bien parle, mon vieux, dit Maur le plus calmement du monde, tout en se préparant à voir ses murs et ses plafonds couverts de tentures violettes s'effondrer sur lui.

CHAPITRE XX

Serge s'était réveillé tôt, avec, au creux de l'estomac, une légère nausée, mais ce n'était pas de l'angoisse, plutôt la fébrilité de l'anticipation.

Il partit, en voiture, pour la bibliothèque Sainte-Geneviève, en emportant un vieux cartable qui ne lui servait plus à rien. Sainte-Ginette, c'était une bonne idée, parce qu'il avait de bonnes raisons d'y travailler, qu'il lui serait facile de s'y faire remarquer et qu'elle était située dans un tout autre quartier que la rue du Docteur-Blanche, mais pas trop loin cependant : un samedi matin, en juillet, à Paris, ça roule. Il gara dans un stationnement interdit alors qu'il y avait de la place devant le Panthéon, mais il voulait faire remarquer sa présence.

Il demanda et obtint cinq livres où il était question de torture ou de privations sensorielles et confia au préposé qu'il était en train de préparer un livre sur la question.

– Bientôt, lui dit-il, vous l'aurez sur vos rayons. Ha ha !

Pendant une heure et demie il prit des notes à la main, en pensant qu'il s'achèterait un ordinateur quand cette affaire serait enterrée : pas question de faire des dépenses somptuaires tant que la poussière ne serait pas retombée.

Une fille à lunettes travaillait son droit à côté de lui. Un gros boudin. Pas mettable du tout. À 11 heures 45, il se pencha vers elle :

– Pardon, lui dit-il, c'est pas pour vous draguer, mais vous restez encore ici un peu de temps ?

– Dommage que ce soit pas pour me draguer. C'est pourquoi alors ?

– Je vais manger un bout. Je peux vous laisser mon cartable ?

Elle regarda l'objet en plastique bleu, éraillé en coin.

– Vous n'avez pas peur que je le vole pour le revendre ? Ouais, vous pouvez le laisser. Moi, je déjeune pas : c'est bon pour la ligne.

– Qu'est-ce que ce serait si vous déjeuniez ! dit Serge. Oui, non, je blague.

Il indiqua en sortant qu'il gardait sa place, qu'il n'en avait pas pour longtemps.

Un saut jusqu'à la voiture. Chouette ! Il avait une contredanse sous l'essuie-glace. Il la rangea soigneusement et démarra.

À midi cinq, il entrait dans l'appartement du boulevard de Montmorency avec son sac de golf. Il n'avait rencontré personne. Tous les bourges étaient en vacances à Bangkok ou en week-end à Saint-Trop'. Même l'escalier ne sentait plus la tambouille.

Il alla à la fenêtre et l'ouvrit. Ah ! Marie l'avait gagné de vitesse aujourd'hui. Un autre déshabillé avait été négligemment jeté sur la même chaise. Marie, nue en chapeau, était couchée sur le même tapis de paille, mais sur le ventre cette fois, la tête posée sur ses deux bras repliés dont elle s'était fait un oreiller. L'arrondi de ses formes était du dernier poétique. En un sens, c'était dommage d'envoyer pareil châssis à la casse (au fait, crémation ou pourriture ? il n'en savait rien). D'un autre côté, il y a quelque chose de plus exaltant à tuer une belle bête qu'une avortonne.

Serge tira le fusil du sac.

Il ouvrit la boîte de munitions et choisit deux cartouches. Deux, parce qu'il était sûr de réussir du premier coup, qu'il voulait tout de même se laisser une deuxième chance, et qu'en risquer une troisième serait de la folie.

Il engagea la première cartouche dans le magasin. C'était celle que, normalement, il n'aurait pas à tirer.

Il regarda l'autre presque amoureusement. Il caressa la balle ogivale avec tendresse :

– Veinarde, va !

Il l'introduisit dans le magasin et referma la culasse.

Il tourna le dos à la fenêtre et décrocha le téléphone. Il forma le numéro des éditions Theyssandier. Maur vint en ligne aussitôt et Serge lui expliqua de quoi de quèce.

– Maur, ta femme est là, à poil, sous mes yeux. Elle pionce. Toi, tu vas prendre ta plus belle plume et me faire un contrat pour mes cinq prochains bouquins, que je ne vais pas te « soumettre », mais que toi tu vas t'engager à publier, à raison d'un par an, avec un à-valoir de deux cent mille balles par titre. Tu vas m'expédier ça par fax au numéro que je vais te donner maintenant – tu as de quoi noter ?

Il donna le numéro.

Il y eut un long silence. Puis, la voix calme de Maur demanda :

– Dites-moi, Maltèse, vous n'avez pas oublié certain

incident vieux d'une vingtaine d'années, dans un pays exotique, devant une belle demeure blanche ombragée de palmiers ?

– Oui, non, répondit Serge. Je t'attendais là. Je n'ai rien oublié du tout. Je n'ai pas oublié non plus une certaine pièce d'un shekel, ni un certain voyage en Israël, ni l'adresse d'un certain appartement. Tu étais tellement content de ton petit montage, Mor, que tu t'es trahi, Mor, et que maintenant je te tiens, Mor, aussi solidement que tu me tiens. Je sais que tu n'as encore rien fait et que les intentions ne peuvent pas être poursuivies devant les tribunaux, mais, si tu couines, je couine aussi, et alors adieu ton héritage et ta prime d'assurance. On a intérêt à s'entendre, Mor, tu l'as toujours dit et maintenant je le dis aussi.

Un silence encore plus prolongé que la première fois. Puis M. Theyssandier, toujours aussi maître de lui :

– Je vous signale que mon prénom se prononce Maur, avec un accent circonflexe.

– Oui, eh bien moi, je t'appellerai Mor si j'en ai envie.

– Pourquoi tant d'hostilité ? Vos demandes sont parfaitement raisonnables et je vais naturellement y faire droit tout de suite. Pour le reste, rien de changé.

L'éditeur raccrocha.

Serge raccrocha aussi, et brancha le fax.

Il se retourna vers la fenêtre. Marie dormait toujours, étalant sa blondeur au soleil, ses cheveux dorés coiffés à la lionne dépassant du chapeau qui lui protégeait la nuque.

Chapitre XXI

Le fax sonna deux fois.

Le contrat en émergea, ligne à ligne. Il reproduisait scrupuleusement les demandes de M. Serge Maltèse en langage professionnel. Il ne semblait pas y avoir d'échappatoire possible ou du moins facile. D'ailleurs, qu'est-ce qu'un million pour qui hérite d'une fortune ? Bien sûr, M. Maltèse serait obligé de payer des impôts sur ce million, mais quelle façon astucieuse de se faire régler au grand jour un service clandestin ! Il relut. Il remarqua que les éditions Theyssandier ne s'engageaient pas à publier ses manuscrits, seulement à les rémunérer. Mais alors ça, c'était le cadet de ses soucis.

Il revint à la fenêtre. Tout, maintenant, allait se dérouler très vite. Trop vite, mais il ne fallait plus tarder.

Il manœuvra la culasse pour introduire une cartouche dans la chambre et armer le mécanisme de percussion. Il s'assit sur le fauteuil et posa le canon sur le dossier de chaise. Il chercha et trouva la tête de Marie dans la lunette, mit le réticule sur sa tête, approximativement sur la tempe gauche, débloqua la sûreté, aspira beaucoup d'air, l'expira, en aspira encore, en expira la moitié et bloqua sa respiration.

Puis, lentement, il ôta son index du pontet et l'appliqua sur la queue de détente qu'il commença à tirer en douceur vers l'arrière, tout en comprimant sa main, comme s'il pressait une éponge.

Il rencontra une légère résistance : c'était la première bossette. Il passa outre et continua à presser. Le coup sembla partir de lui-même, exactement comme il est enseigné dans les manuels.

Marie eut un soubresaut. Rien d'autre. Son chapeau roula sur le côté.

C'était fait.

CHAPITRE XXII

Manœuvrer la culasse pour extraire la douille, qui roule sur la moquette.

Manœuvrer la culasse une seconde fois pour extraire la seconde cartouche, qui roule aussi sur la moquette.

Donner un coup de sécurité.

Ramasser la douille et la cartouche, les fourrer dans le sac de golf.

Y remettre le fusil.

Empocher la télécopie.

Jeter un coup d'œil autour de soi : rien ne traîne ?

Oui, non ? Ah ! ben il y a le télécopieur. On ne va pas le laisser perdre.

Dans le sac aussi.

Téléphoner ? Non. Ne pas perdre un moment. Maur attendra.

Sortir. Personne sur le palier. Personne dans l'ascenseur. Personne dans le jardin. Un vague promeneur sur le trottoir.

Regagner la voiture.

Ôter ses gants.

Les gants dans le sac.

Le sac dans le coffre.

Démarrer à toute allure. Conduire vite, mais sans faire d'excès de vitesse.

Voie sur berge. Boulevard Saint-Germain. Rue Saint-Jacques.

Quelque chose dans la tête de Serge et dans le cœur de Serge et dans les tripes de Serge veut revivre l'instant fatal, mais il est encore trop tôt. Ce sera pour ce soir. Pour l'instant, se garder de jouir.

La place interdite est toujours libre. Parfait.

Remettre la contravention sous l'essuie-glace.

Piquer un sprint jusqu'au restaurant.

Annabelle n'est pas arrivée. Tout va bien.

Le sous-sol. Pas d'indiscrets. Le téléphone. La voix de Maur, calme, calme, mortellement calme.

– Éditions Theyssandier, j'écoute.

– Salut, Maur. Ici, Serge. Dis donc, tu n'aurais pas un petit moment à m'accorder ? J'aurais besoin de te parler cinq minutes de…

Le faire mijoter un peu dans son jus de sueur froide.

– De mes kangourous.

Un bref silence : le temps d'avaler une boule de salive.

– De tes kangourous. Tu n'as pas de doutes sur… la qualité du manuscrit ?

– Ah ! ça non. De ce côté-là, tout est en ordre. Tu peux dormir sur tes deux oreilles.

Essayer de maîtriser l'exaltation qui perce. Ce n'est pas encore le moment de se laisser aller.

– Eh bien, écoute… Passe me voir lundi… Attends, je consulte mon agenda. Passe me voir lundi à treize heures ? Je te caserai avant le déjeuner.

– D'accord. Je n'en ai que pour trois minutes, tu sais.

Et puis, la plaisanterie finale :

– Tu embrasseras ton épouse pour moi.

– Ce sera fait. Ciao.

Remonter, prendre une table, pour une fois se commander un apéro.

– Un kir. Un kir royal, tiens.

Annabelle toujours pas là. Il faudrait tout de même qu'elle rapplique, parce qu'il faut se retenir de penser à la chose et que c'est difficile quand on est seul. Mon index droit sur la petite virgule de métal, une ogive chemisée vrillant l'air, un chapeau traversé… Le trou de sortie ne devait pas être beau à voir. Ah ! tiens, voilà Annabelle. Des cheveux violets aujourd'hui. Des hanches larges. Mettable, décidément mettable.

Tendre le poignet avec un doigt accusateur plaqué sur la montre digitale :

– Alors, qu'est-ce qui t'est encore arrivé, ma vieille ?

Il était 13 heures 20.

– Ben quoi, il est treize heures pile. Tu sais bien que je suis d'une ponctualité pathologique.

– Oui, non, ça fait une demi-heure que je t'attends. J'allais commander, parce que après il faut que je file.

– Ce n'est pas ma faute si ta montre est déglinguée. Je te dis qu'à la mienne il est treize heures.

– Fais voir.

– Tiens, regarde !

La montre plaquée or sous le nez avec la certitude d'avoir raison.

– Eh bien, il est 13 heures 20 !

– Mais non, c'est moi qui mets toujours ma montre 20 minutes d'avance pour être sûre d'être à l'heure.

– Bon, d'accord, tu as raison. Qu'est-ce que tu bouffes ?

Ils partagèrent une pizza, une demie Beaujolais. Serge réfléchissait. Il méritait une récompense, il avait besoin d'une détente :

– Tu es libre ce soir ?

– Je peux me libérer.

– Ça te dirait de passer chez moi ?

– À quelle heure ?

Il allait dire « vers dix-neuf heures », mais s'arrêta : « Je ne vais tout de même pas la nourrir deux fois par jour. Sinon elle croirait que je lui dois quelque chose : toutes les mêmes. »

– Ben, vers vingt-deux heures.

– D'accord. Mais moi, tu me connais, ce n'est pas « vers », c'est « à ».

Elle lui fit un clin d'œil égrillard.

Un café à la va-vite et Serge repartit en courant pour Sainte-Ginette. Une deuxième contravention ornait son pare-brise. Chouette alors !

Le boudin n'avait pas bougé. Le cartable non plus.

– Eh bien, vous en mettez un temps pour déjeuner ! Vous avez mangé le cochon tout entier ?

– J'ai rencontré une copine, dit Serge. Tout de même, j'ai mis moins d'une heure.

Elle ne lui fit pas remarquer qu'il avait mis une heure et demie.

Tout allait pour le mieux. Il travailla encore une heure pour faire illusion.

– Assez boulonné pour aujourd'hui, dit-il au boudin. Vous venez souvent ? La prochaine fois, on pourrait aller prendre un café.

Il lui sourit largement de toute sa grande bouche mal rasée. Il voulait lui graver ses traits dans la mémoire.

CHAPITRE XXIII

Maur reposa le combiné très lentement.

Il touchait aujourd'hui au terme d'une longue route entamée cinq ans plus tôt, quand il avait rencontré Marie Dupont, et peut-être même encore bien plus tôt, il y avait quelque vingt ans, quand, à la nuit tombante, il s'était mis au volant du GMC bâché, lourdement chargé, et qu'il avait passé la première vitesse en se demandant pourquoi il faisait ce qu'il faisait.

En fin de compte, il s'en était bien tiré, et, maintenant, tous les espoirs lui étaient permis.

Il se demanda, sans trop s'y attarder, s'il avait bien fait de céder au chantage de Maltèse. Sans doute avait-il eu tort de lui révéler le montage qui allait mettre la police sur une fausse piste et que Maltèse aurait pu révéler à son tour à Marie. Mais Marie était morte : plus de danger de ce côté. Bien sûr, Maltèse pouvait toujours compromettre Theyssandier si les choses en venaient là, mais elles n'en viendraient pas là, et Maltèse n'aurait pas vraiment le moyen d'exiger que le contrat fût appliqué. Il pouvait difficilement dire à Maur : « Si tu ne payes pas, je te dénonce pour m'avoir fait assassiner ta femme. » D'un autre côté, un million n'était pas une si grosse somme, et peut-être valait-il mieux ne pas rechigner à le payer : déçu, qui sait si Maltèse ne se mettrait pas à écrire des lettres anonymes ou à faire des allusions dans les bistrots ? Il valait mieux lui donner satisfaction, du moins pour le moment. Par la suite, on verrait. De toute façon, si Theyssandier avait refusé de signer le contrat, alors Maltèse aurait pu se précipiter chez Marie pour tout lui dire... L'aurait-elle cru ? Eh, peut-être ! Après tout, il était son amant.

Theyssandier se força à dicter encore trois lettres, moins pour la vraisemblance que pour se prouver la force de ses nerfs. Il déposa le dictaphone sur le bureau de sa secrétaire, avec le fax auquel il avait collé un papillon : *Régulariser par courrier. Me faire signer.* Puis il tira de son coffre la missive composée d'un seul mot arabe, froissa l'enveloppe encore une ou deux fois et mit le tout dans sa poche. Il ressentait un grand creux en lui-même : un creux de cinq ans, un creux de vingt ans... Pas d'explosion de joie, aucune angoisse, un vide. Il se dit qu'après tout il avait peut-être faim et, après avoir signalé son départ au concierge, alla déjeuner chez Mollard. Il aimait l'aspect suranné et le service attentif de cette brasserie de luxe qui, toute en voûte et en émaux, n'avait pas changé depuis un siècle. Il déjeuna d'huîtres qu'il mâcha entre ses grandes dents carrées – foin des petites natures qui les gobent – et qu'il arrosa d'un Taittinger. Il s'offrit une mirabelle pour finir et remonta à pied la rue des Martyrs. Il reprit la Légende et rentra chez lui.

Le gardien polonais se chauffait au soleil comme si de rien n'était. Theyssandier lui fit un signe amical de la main et le gardien répondit d'une inclinaison déférente du buste. La détonation avait dû se mêler aux bruits parisiens sans attirer l'attention des gens du quartier. Voici le sous-sol, voici l'ascenseur que Marie n'emplirait plus jamais de son parfum.

Maur tourna la clef dans la serrure et entra dans « leur » appartement qui allait maintenant être le sien. Il entendit un fond musical : pas étonnant, Marie aimait bronzer en écoutant de la musique classique, ou alors égyptienne.

Il pénétra dans la chambre et eut un mouvement d'humeur en constatant que le Beni-Izguen était encore de travers. Il essaya de le faire glisser du bout du pied pour que ses bords fussent parallèles aux murs, mais, sur la moquette épaisse, il glissait mal. Maur dut se baisser et le redresser à la main.

Il se releva, prit une clef dans la table de nuit de Madame et alla au petit tableau de Matthieu qui dissimulait le coffre personnel de Marie. Naturellement, il en connaissait la combinaison – Marie n'avait rien à lui cacher –, tandis qu'elle ignorait la combinaison du sien. Il écarta le tableau, fit jouer la clef, de cliquet en cliquet aligna le 9, le 6 et le 1, enfonça la clef dans la serrure, ouvrit.

Il y avait là des bijoux, des papiers, un carnet de chèques. Il ne toucha à rien. Il se contenta de placer la lettre arabe dans les papiers, puis il referma le coffre et en essuya la porte et la clef avec son mouchoir.

Le nez au mur, il se dit qu'il lui fallait maintenant aller découvrir le corps et il se demanda à la fois quelle réaction serait la sienne et quelle réaction il devrait jouer. En principe, la scène n'aurait pas de témoins, mais on ne sait jamais. D'autres terrasses voguaient dans le ciel de Paris. Certaines fenêtres se trouvaient en surplomb. Il importait par-dessus tout d'être aussi naturel que possible. Et soudain, tout en se disant : « Je dois être naturel, naturel, naturel », il prit conscience que ce n'était pas par hasard qu'il était resté aussi longtemps tourné vers le coffre refermé. Ses sens étaient aux aguets. Il écoutait. Il reniflait.

Il s'efforça de sourire ironiquement :

« Voilà mes nerfs qui me jouent des tours, maintenant ? »

Mais rien n'y fit. Il avait la sensation de n'être pas seul dans l'appartement. Et bientôt il eut l'intuition d'une présence dans la chambre même, à quelques mètres derrière lui.

Il pivota brusquement, les jarrets pliés, retrouvant des réflexes oubliés depuis longtemps, prêt à se défendre ou à attaquer.

Chapitre XXIV

– Ah ! tu es là, dit Marie. Je ne t'avais pas entendu entrer.

Elle portait une robe noire, légère, mais tout de même surprenante pour la saison. Elle était blême – pas une goutte de sang dans son visage – et elle oscillait sur le seuil, comme si elle allait tomber évanouie. Soudain, dans un grand sanglot, elle se précipita dans les bras de Maur.

– Je le hais, je le hais, haletait-elle en lui martelant la poitrine. Je le hais. Tu dois le tuer.

Elle tremblait de la tête aux pieds. C'est peu dire qu'elle tremblait. Elle était parcourue de grandes vagues semblables à des convulsions. Elle ouvrait la bouche toute grande et ne réussissait pas à trouver de l'air.

– Calme-toi, calme-toi, ma chérie, disait Maur en lui tapotant les épaules.

Les dents de Marie s'entrechoquaient. Elle essayait de dire quelque chose et n'y parvenait pas :

– J'ai si peur… J'ai si peur…

– De quoi as-tu peur, Marie ? De quoi as-tu peur ?

Il se disait : « Elle n'a pas tout à fait tort d'avoir peur, la pauvre. Est-ce de l'intuition féminine ? »

– J'ai si peur quand tu n'es pas là.

Il la conduisit jusqu'au lit, la força à s'asseoir. En même temps, il se demandait si elle l'avait vu fourrager dans son coffre-fort, peut-être au moins remettre le Matthieu en place ? À la première occasion, il lui faudrait enlever la lettre arabe. Il songea qu'il avait encore la clef du coffre dans sa poche, où il l'avait glissée machinalement avant de se retourner.

– Du whisky ? demanda-t-il. De l'eau ?

Elle secouait la tête, hystérique toujours, se balançant de côté et d'autre et froissant sa robe de ses deux mains, comme une moribonde. La bouche ouverte. Il se demanda s'il ne valait pas mieux l'achever maintenant. L'étrangler, ou alors l'étouffer sous un oreiller. Il regarda les oreillers. Ils disparaissaient sous un couvre-lit en patchwork naïf. Il pouvait en atteindre un, bien sûr, et le tirer par un coin, mais il valait tout de même mieux comprendre d'abord ce qui s'était passé. Il y a une différence entre un oreiller et un fusil à lunette. Le même montage ne pouvait pas servir pour les deux meurtres.

Il décida d'être indulgent et se contenta d'attirer Marie à lui et de la caresser doucement en lui susurrant à l'oreille :

– Ce n'est rien, ce n'est rien. Tu es là, je suis là, il ne s'est rien passé de grave. Tu vas tout m'expliquer, prends ton temps. Tu sais que je suis patient.

Patient ? Oui ! Cinq ans de patience, et tout ça pour quoi ? Une bouffée de colère monta en lui, contre Marie : quel droit avait-elle d'être vivante ? On ne fait pas ce coup-là aux gens. Et Serge, qui lui avait téléphoné que tout allait bien ! Il ne perdrait rien pour attendre, celui-là. La seule supposition vraisemblable, c'était qu'il avait manqué son coup mais ne s'en était pas aperçu. Mais Marie n'était même pas blessée. Alors ? Il avait donc carrément menti ? Qu'espérait-il donc ?

Peu à peu, elle reprit son calme, ses dents cessèrent de se heurter, des larmes se montrèrent dans ses yeux fixes, secs jusque-là.

– Oui, dit-elle enfin. Oui… oui… oui…

Il finit par comprendre qu'elle essayait de dire « whisky ».

Il y courut, grimpant quatre à quatre la descente de yacht et profitant de l'occasion pour jeter un coup d'œil à la terrasse. Un autre Maur, à moitié fou, s'attendait à y voir le cadavre de sa femme, mais on n'y voyait rien qui sortît de l'ordinaire. La natte de paille était à sa place au bord de la piscine, sous les cyprès qui dodelinaient du chef dans la brise de l'après-midi. Le petit lecteur de cassettes posé sur le dallage passait des chants libanais chantés par Fayrouz.

Il redescendit, avec deux verres de Lagavulin. Il avait besoin de se ragaillardir au moins autant que Marie.

Elle prit son verre à deux mains, et tâchant d'empêcher ses dents de heurter le bord de cristal taillé, se mit à parler.

– Maur, je t'avais promis. Je t'avais promis, mais je ne tiens pas. Je ne peux pas tenir. Je t'avais promis que tu ne saurais rien, mais je ne peux pas. C'est ton ennemi. Je ne peux pas. Je vais te faire mal, mais tu te rappelles, tu m'avais autorisée. Tu te rappelles, Maur ? C'était si généreux.

– Autorisée à… ? À voir d'autres hommes ? Oui, je sais. Et alors ?

– Alors…

Elle s'arrachait les mots de la bouche.

– Je l'ai fait. Je l'ai fait, Maur. J'ai été à un autre homme que toi.

Il se donna l'air de celui qui souffre mais étouffe sa souffrance.

– C'est vrai, j'aurais préféré ne pas savoir, Marie. L'adultère est moins dans l'acte que dans l'aveu. Mais tu dois avoir tes raisons…

– Il est venu, continua-t-elle en regardant droit devant elle, comme hypnotisée. Il est venu aujourd'hui. Ici. (Elle regarda autour d'elle.) Je ne l'avais pas invité. Et il…

Elle eut un hoquet.

– Nous n'avons rien fait ensemble, je te jure, mais il m'a dit que tu voulais… que tu voulais qu'il me tue.

– Tu l'as cru ? fit très calmement Theyssandier, qui, soudain, avait froid aux pieds, aux mains, partout.

Elle secoua la tête, sans même prendre la peine de relever cette supposition invraisemblable.

– Il m'a dit que tu voulais mon argent, la prime d'assurance, que tu ne m'aimais pas, que tu voulais que je sois morte, que tu avais préparé un montage, je n'ai pas très bien compris quoi : un voyage en Israël, un shekel dans un fauteuil, une lettre en arabe.

– Une lettre en arabe ?

– Je n'ai pas compris, je te dis. Il racontait n'importe quoi. Il m'a dit que tu n'étais pas toi. Que tu te faisais passer pour quelqu'un d'autre.

– Moi ? Pour qui ?

– Je ne sais pas. Pardonne-moi. J'aurais dû l'écouter. L'écouter mieux. Je n'ai pas supporté qu'il dise du mal de toi. Tu sais comme je suis. J'ai eu peur. Je l'ai chassé.

– Chassé, enregistra Theyssandier. Mais qu'est-ce qu'il voulait au juste ?

– Tu ne croiras jamais.

– Dis-le moi tout de même.

– Tu ne le croiras pas. Il pensait que je l'aime, tu comprends. Je lui ai donné des raisons, tu comprends.

– Oui, je comprends, Marie.

– Alors il m'a dit : « Ce salaud vous a épousée pour le fric. (Malgré elle, Marie était revenue au *vous* qui lui était plus naturel.) Divorcez et épousez-moi. Donnez-lui un peu de pèze pour qu'il se taise, d'accord. Mais s'il refuse, moi, j'ai de quoi le... » Ah ! je ne sais plus ce qu'il a dit au juste, mais, en tout cas, qu'il avait de quoi faire annuler notre mariage.

– Tu ne sais plus ce qu'il t'a dit au juste ! fit Theyssandier indigné. « Moi, j'ai de quoi le... » De quoi le... quoi ?

Elle secoua la tête, désespérée : « Je ne sais plus ! » et bascula tout entière contre la poitrine, dans le giron de Maur.

– Pardonne-moi, pardonne-moi, répétait-elle, je ne suis pas à la hauteur, j'aurais dû retenir tout ce qu'il a dit. Je ne suis pas à la hauteur.

Theyssandier entendait tout, retenait tout. Maltèse vouvoyait Marie ? Curieux. Mais le respect est tel pour l'argent, dans certains milieux !...

– Tue-le, dit Marie.

– Écoute, dit Maur, quelqu'un qui t'a fait autant de mal, moi, tout mon instinct... Mais enfin, à notre époque, tu sais... C'est vrai, il n'y a plus de peine de mort, même pour les assassins crapuleux, mais tout de même, je n'ai pas envie de pourrir vingt ans ou je ne sais pas combien dans un petit château de la République.

Cependant, il réfléchissait : avait-il une autre solution ?

Oui, bien sûr, il avait, dans sa manche, les deux cadavres Abadie, à supposer qu'une photo prouvât quelque chose. Lui savait que... mais, soudain, ces cadavres lui parurent bien fragiles : à un jury qui ne savait pas ce que lui savait, un bon avocat pouvait faire cent démonstrations de photos truquées. D'autant plus que de sales colons qui faisaient suer le burnous ne susciteraient pas infiniment de sympathie.

Pour le moment, une chose sûre : Marie était vivante et devait être prise en considération, peut-être même indéfiniment ou en tout cas très longtemps. Bon. Pour le moment, aussi, elle croyait son mari, elle ne croyait qu'en lui, mais sa foi pouvait vaciller si Serge insistait, donnait des preuves, si elle l'écoutait mieux qu'elle ne l'avait écouté aujourd'hui : alors tout sombrait, l'héritage, l'assurance, et cela encore n'était rien. Maur avait consulté des juristes, mais il avait eu la périlleuse sagesse d'en consulter plusieurs, si bien qu'il ne savait plus du tout où il en était : sa conduite à lui était-elle prescrite ou non ? C'est si compliqué, les délais de prescription qui courent et qu'on rattrape... Et de quoi est passible quiconque adopte une fausse identité ?... En tout cas, sa situation et ses espérances étaient *kaputt* d'autant plus qu'au lieu de conserver des liens politiques qui, maintenant, auraient pu lui servir et peut-être même le sauver, il les avait froidement amputés. Cela semblait si raisonnable sous le Général !

– Tue-le, dit Marie. C'est pour ton honneur.

Elle avait un de ces vocabulaires !

– Ce serait plutôt, fit-il, par amour pour toi, parce qu'il t'a fait du mal.

Intérieurement, il se demandait ce qui se passerait s'il ne faisait rien.

Une chose lui paraissait évidente : jamais Maltèse n'avait eu l'intention d'assassiner Marie. Il l'avait mené, lui, Maur, par le bout du nez, et avec le dessein arrêté d'épouser cette femme richissime complaisamment jetée dans ses bras. Si Maur n'agissait pas, Maltèse reviendrait à la charge, raconterait toute l'histoire à Marie et finirait par la convaincre. Au mieux, un divorce à l'amiable, oui, avec une petite compensation. Peut-être. Sans même parler du scandale qui pouvait éclater, et alors…

Non. Une chose était évidente. Il fallait faire taire Maltèse.

– Mais enfin, Marie, dit-il, sincère malgré lui, nous sommes en France, en démocratie, au XXᵉ siècle. On ne peut plus tuer les gens comme ça. Ni par honneur, ni par amour, ni parce qu'ils vous dérangent.

– J'ai un plan, dit Marie en plantant ses yeux gris dans les yeux bleu de Prusse de son mari. Le plan de Khedidja.

CHAPITRE XXV

Serge était rentré rue de la Grange-aux-Belles, son sac de golf à l'épaule. Il savait qu'il devait s'en débarrasser, mais préférait attendre la nuit. À vrai dire, il avait fait une petite erreur en invitant Annabelle à 22 heures, parce que la nuit tombe tard en juillet et qu'il ne pourrait donc se défaire de l'objet le soir même. Prendrait-il le risque de le garder jusqu'au lendemain ? Non. Il flanquerait Annabelle à la porte vers une heure du matin sous un prétexte quelconque (« Je dois me lever tôt, avec toi, je ne me reposerais pas, toutes les mêmes ») et il irait jeter la chose dans la Seine du haut du pont Mirabeau sous lequel elle coulait, comme l'avait génialement fait observer Wilhelm Apollinaris de Kostrowitzky.

Ayant refermé la porte et adossé le sac de golf au mur, Serge se laissa tomber sur son sommier à la couverture d'acrylique rose, mit ses mains sous sa nuque, les coudes bien étayés sur le traversin, et s'abandonna enfin aux délices de la remémoration.

D'abord hier : Marie, nue, debout, se couchant sur le dos, s'installant, mettant les lunettes noires, l'immense chapeau, prenant son livre, Marie prostrée, les jambes écartées pour laisser pénétrer partout les rayons ultraviolets, Marie offerte au soleil de la vie et encore mieux offerte, sans le savoir, au soleil de la mort.

Mais passons à aujourd'hui. Marie nue, couchée sur le ventre, la tête posée sur les bras, le casque d'or de ses cheveux apparaissant sous le chapeau de paille noire, la somptueuse sinuosité de ses reins proposée aux caresses de l'air et de la lumière. Est-ce que ce n'est pas interdit de se faire bronzer nu sur les terrasses, en plein Paris ? Visiblement, Marie se moquait de l'interdiction s'il y en a une. D'ailleurs qui se serait plaint d'un pareil spectacle ? À moins que ce ne fût quelque gorgone pas mettable du tout. Donc, Marie dormant.

« Et moi, je la regarde, je manœuvre ma culasse, comme ça, je pose le canon sur le dossier de la chaise, je trouve sa tête dans la lunette, j'amène le réticule sur la tempe gauche que je devine sous les cheveux dorés, j'aspire, j'expire, j'aspire, j'expire à demi et je commence à presser… Un soubresaut, la tête déportée de côté et c'est fini. J'ai stoppé cette vie. Je suis le Destin. »

Serge se rappelle cette expression bizarre qui lui était venue dans l'ascenseur, la première fois : « Le destin a fait un nœud à son mouchoir. » C'était vrai.

Marie, couchée sur le ventre, vue à travers le réticule, les deux fils du réticule entrecroisés sur sa tempe gauche, puis 2,5 centimètres plus haut, pour tenir compte de la distance de 150 mètres. Il n'y a aucun vent, donc…

Le téléphone sonne. Serge décroche. On raccroche à l'autre bout. Qu'est-ce que cela peut bien signifier ? Un faux numéro ?

Il retourne à sa rêverie.

« Il n'y a aucun vent, donc je suis sûr de mon coup. Et je presse. Le percuteur frappe l'amorce de Sinoxid qui fait détoner la poudre qui propulse la balle, petit aéronef de 6,5 grammes qui remonte en vrille sa rampe de lancement, le canon de la carabine, et puis perce l'air à la vitesse de 800 mètres seconde. C'est dire qu'elle arrive au but, voyons voir, comment on fait déjà, une règle de trois, une seconde divisée par 800 et multipliée par 150, ça fait combien, 0,1875 seconde, disons deux dixièmes de seconde pour arrondir. Et voilà, plus de Marie ! »

Marie couchée parce que morte, un soubresaut, Marie couchée parce que endormie, Marie vivante, lucide, mettant son chapeau.

« Et moi, je suis embusqué, je la lorgne, je la guigne, je l'ai tenue dans mes bras, cette Marie, je l'ai possédée et maintenant je la possède encore plus, encore mieux, je la possède définitivement. Les chasseurs mangent leur proie, je ne mangerai pas Marie, mais je l'avais déjà mangée. La sensation du bois quadrillé sous la paume pour qu'elle ne glisse pas et du métal lisse sous l'index. La pression d'abord infinitésimale puis croissante sur la queue de détente qui cède de plus en plus, qui cède, qui cède, jusqu'au moment où elle va libérer le percuteur, et voilà, le petit projectile chemisé de cuivre rouge est reparti dans l'atmosphère, inexorablement braqué sur la cible qu'il atteindra en moins de deux dixièmes de seconde. La pointe pénètre la peau, la chair, l'os, et, comme le bout est mou, il s'épate, il fait tout éclater autour de lui, et puis la balle ressort… Les flics la retrouveront sûrement, la chère petite, et lui feront toutes sortes de mamours dans leurs laboratoires pour la faire parler : “Dis-nous, petite balle, de quel canon tu sors. Dis-nous qui a amené le réticule sur Marie nue. Dis-nous qui a pressé la détente." Mais ça, la petite balle ne le sait pas. Elle ne connaît que le canon qui l'a lancée, et le canon, il sera bientôt allé retrouver Wilhelm Apollinaris de Kostromachin. »

Le casque d'or, le chapeau. Le réticule, la détente…

Soudain Serge se sent fatigué, harassé, exténué. Mais la lassitude extrême qui s'empare de lui n'est pas désagréable : c'est au contraire un assoupissement voluptueux de l'être, une façon de se fondre délicieusement dans le néant de son propre corps. Ses muscles, ses nerfs se détendent. Il sombre.

Il rêve.

Il rêve qu'on frappe à sa porte.

Il rêve qu'il remonte péniblement du plus profond du sommeil pour demander d'une voix pâteuse :

– Qui est là ?

Il rêve qu'il entend une petite voix répondre :

– C'est Marie. Ouvre.

Il rêve qu'il se met brusquement sur son séant. Il rêve que c'est un rêve puisque ce ne peut pas être la réalité.

Il rêve qu'il est vraiment assis dans son lit et qu'on frappe de nouveau et qu'il demande de nouveau :

– Qui est là ?

Il rêve que la même voix agitée, angoissée, répète :

– C'est Marie. Marie Theyssandier.

Du coup, il se réveille et se met brusquement sur son séant. Est-ce que vraiment Marie reviendrait pour le hanter ? Un instant, lui qui ne croit à rien croit à tout : à l'immortalité, au jugement, au bien et au mal, et il lui semble qu'il pue, qu'il pue affreusement. Mais il passe la main devant son visage et ce cauchemar s'évanouit. Non, bien sûr, il n'y a pas de Dieu et les morts ne reviennent pas du royaume des ombres avec 6,5 grammes de plomb dans le crâne.

Alors il entend distinctement trois coups précipités frappés à sa porte et la même voix dit :

– Serge, ouvre. C'est Marie. Je sais que tu es là. C'était moi tout à l'heure, au téléphone. Il faut qu'on se voie.

Il chancelle jusqu'à la porte. Il a la tentation de ne pas ouvrir : on n'ouvre ni aux fantômes ni aux mauvais plaisants. Il ouvre tout de même, parce qu'il est difficile de ne pas ouvrir à quiconque frappe. Il paraît même qu'il y a quelqu'un dans l'Écriture qui dit ça.

Marie se tient sur le seuil.

Chapitre XXVI

Elle le bouscula pour entrer. Il n'avait pas assez de présence d'esprit pour cacher sa surprise :

– Mais comment, mais comment… ? Je ne comprends pas…

C'était absurde : il se demandait si elle ne savait pas tout, si elle n'était pas revenue lui demander des comptes. Il n'aurait pas dû dire qu'il ne comprenait pas : s'était-il trahi ? Marie le rassura aussitôt :

– Tu ne comprends pas que je sois venue chez toi sans te prévenir ? Ce n'est pas mon style, c'est ça ?

Elle s'arrêta au milieu du studio, pivota vers Serge, leva et laissa retomber ses mains qui claquèrent sur ses cuisses.

– Mon chéri, dit-elle, il a essayé de me tuer.

Elle n'avait presque pas proféré de son. Il avait tout lu sur ses lèvres. Elle l'avait appelé son chéri : c'était le premier mot de tendresse qu'elle lui eût jamais dit, et elle se confiait à lui, elle lui révélait que quelqu'un avait essayé de la tuer. Tout n'était donc pas perdu. Il fallait y aller mollo-mollo.

– Qui « il » ?

Elle le regardait, s'étonnant de sa naïveté :

– Maur, bien sûr. Mon mari.

– Et pourquoi ?

– Je suppose qu'il a découvert que tu… que nous… C'est un monstre de jalousie, comme tous les eunuques.

Bon ! Voilà un nouvel aspect de la question. Voilà plusieurs nouveaux aspects de la question.

Serge se laissa tomber sur son tabouret et attira Marie entre ses cuisses. Elle lui caressa le front. C'était une autre Marie.

– Raconte-moi tout. Qu'est-ce qui s'est passé ?

En même temps, il se disait : « Ce n'est pas possible que je l'aie manquée. Je l'avais dans mon réticule. Supposons que la lunette se soit déréglée. Supposons qu'on me l'ait déréglée exprès. Possible. Mais le soubresaut ? Elle aurait joué le soubresaut en entendant la détonation ? Mais le bruit se déplace à 300 mètres seconde, la balle à 800 mètres seconde : Marie ne pouvait pas avoir entendu la détonation au moment du soubresaut. » Non, il l'avait touchée, il en était sûr. Ou alors se serait-il trompé de terrasse ? Et de cible ? Y avait-il en ce moment un cadavre de blonde sur une autre terrasse de la rue du Docteur-Blanche ?

Un instant de panique.

– Il m'a tiré dessus, ou plutôt je suppose qu'il m'a fait tirer dessus : il aime faire faire. Un tueur à gages.

– Non, mais tu rigoles : les tueurs à gages, c'est au cinéma.

– Écoute. Depuis quelques jours, il me regardait d'un drôle d'air. J'ai fouillé dans ses papiers. J'ai trouvé des photos.

– Des photos ?

– De toi et de moi, mon chéri. Des photos – elle eut l'air rêveur – qui ont dû lui faire envie. Tu sais, lui, beuh… Il n'a pas supporté.

– Bon, mais de là à arranger un divorce à l'italienne ! Enfin, ça ne se fait plus, ces choses-là. Tous les adultes commettent l'adultère, certains se quittent : un point, c'est tout.

– Ah ! mais tu ne le connais pas. Tu ne crois pas qu'il faut être un peu tordu pour publier les *Mémoires illustrés d'un pédophile* et une *Encyclopédie de la torture* ? Moi, je le connais, Serge. Personne ne le connaît mieux que moi. C'est un sadique. Tu sais, dans *Justine ou les Malheurs de la vertu*, rien ne me surprend : j'ai tout enduré.

– Bon. Admettons. Il découvre que tu as un amant, moi. Je suis le premier ?

– Alors ça, mon chéri, ça ne te regarde pas. Tu es le meilleur, c'est indéniable. Et le premier dont Maur ait soupçonné l'existence. C'est tout ce qui nous importe.

« Le meilleur » fit plaisir à Serge : ce mot confirmait l'opinion qu'il avait déjà de lui-même.

– Donc il découvre mon existence. Il prend des photos. Où ? Comment ?

– Chez nous. Il a un dispositif. C'est un vicieux, je te dis. Je ne savais pas que le dispositif pouvait marcher quand il n'était pas là. Pardonne-moi, mon amour. J'ai été imprudente.

– Il prend des photos, il se fâche et il décide de te faire tuer. C'est ça ?

Elle se pencha pour l'embrasser sur la bouche :

– Mmmoui.

– Mais alors comment ça se fait que tu sois vivante ?

Enfin Serge était arrivé à poser la seule question qui lui importât vraiment. Marie éclata d'un rire perlé.

– Mais moi aussi, j'ai oublié d'être bête, mon chéri.

Quand j'ai vu comment il me regardait et que j'ai compris pourquoi, je me suis tout de suite dit que ça allait mal finir. Alors j'ai raisonné. D'une part, Maur est mon héritier, et ça ne pouvait pas lui faire vraiment de la peine de me perdre, puisque je ne lui servais à rien. Ca pouvait même l'arranger, rapport à ses éditions qui ne marchent pas si bien que ça. D'autre part, comment allait-il s'y prendre pour ne pas se faire prendre ? Car, tu vois, c'était là le hic. M'étrangler, m'assommer, m'étouffer, m'égorger : il était le premier suspect. M'empoisonner, ce n'était pas vraiment dans sa manière : il est trop macho pour ça. La logique, c'était de me faire abattre à distance par un professionnel. Comme ça, lui, il avait un alibi. Alors quand il a commencé à me demander à quelles heures je prenais mes bains de soleil, j'ai commencé, moi, à comprendre que c'était pour bientôt. C'est trop long à t'expliquer, mais il m'avait fait acheter, boulevard de Montmorency, un appartement qui surplombait notre terrasse et qui devait être un poste de tir idéal.

– Oui, d'accord, mais qu'est-ce qui s'est passé ?

– Je lui ai tendu un piège, pour être sûre que je ne me trompais pas.

– Bref, on a tiré sur toi ou on n'a pas tiré ?

– Bien sûr qu'on a tiré.

Elle s'éloigna de lui, alla à la fenêtre, revint à la bibliothèque. Elle lui tournait le dos.

– Et alors ? Le tueur à gages t'a manquée ? Comment es-tu sûre qu'il a tiré ? Tu as trouvé la balle ?

Elle se retourna vers lui.

– J'ai entendu la détonation et j'ai trouvé la balle.

– Je ne comprends pas.

– Je m'étais procurée – elle eut la grâce de rougir

un peu – une dame de voyage qui avait à peu près mes mensurations.

– Tu veux dire que tu es allée acheter une poupée gonflable ? Toi ?

– Il n'est pas utile d'être grossier, Serge. J'ai envoyé un ami m'acheter une dame de voyage. C'est un ami aussi confiant que fidèle, il ne m'a pas posé de questions, et il m'a trouvé beaucoup mieux qu'une poupée gonflable : un mannequin en latex, à trois entrées, livré en kit. Le grand luxe ! Je lui ai fait faire une perruque blonde à la lionne, exactement comme ma coiffure, et j'ai installé l'ensemble sur la terrasse. Puis je me suis mise à l'abri d'un muret, face à un espalier, j'ai allumé la radio et j'ai attendu. Soudain, j'ai vu la dame de voyage tressauter sous le chapeau que je lui avais mis et j'ai entendu une détonation. J'ai su alors que je ne me trompais pas, que Maur voulait…

Elle buta.

– Qu'il ne voulait plus que je sois vivante.

Serge avait écouté attentivement. Le récit collait avec la réalité, sauf sur un point : la veille, Marie avait bien été là, en chair et en os, remuant comme un être humain et non comme une dame de voyage, même très perfectionnée. En revanche, la visite du dénommé Roger à un sex-shop s'expliquait de la façon la plus vraisemblable. L'inconnue, pour le moment, c'était la réaction de Maur quand il saurait qu'il n'avait pas été obéi. Le meurtre des Abadie commençait à reprendre de l'importance dans les considérations de Serge.

– Tu as revu Maur ?

– Oui, il est rentré. C'est lui qui m'a envoyée chez toi.

– Lui qui t'a… ?

– N'oublie pas : il ne sait pas que je sais qu'il sait.

– Qu'il sait quoi ?

– Que je t'aime, bêta.

– Mais qu'est-ce que tu lui as dit au sujet de l'attentat ?

– Rien, bien sûr. J'ai fait disparaître la dame de voyage et toutes les traces.

– Mais lui… il devait s'attendre à te trouver morte ?

– Bien sûr.

– Et il t'a envoyée chez moi ?

– Bien sûr.

– Pour quoi faire ?

– Pour t'inviter à venir en week-end avec nous.

– En week-end ? !

– En week-end.

– Comme si rien ne s'était passé ?

– Comme si rien ne s'était passé.

– Il aurait pu téléphoner.

– Il pensait que tu refuserais. Je ne sais pas pourquoi. Et que moi, je saurais te persuader. Accepte, mon chéri, je t'en supplie.

– Non, dit Serge. Je n'accepterai pas.

Il se sentait incapable d'affronter Maur et tout l'imbroglio de mensonges dans lequel il se débattait. Il était sûr de se couper. D'ailleurs Mort devait lui en vouloir à Maur. Enfin, on se comprend.

– Si, dit Marie, il faut que tu viennes.

– J'ai de moins en moins envie de voir ce sale type. Cette crapule, cet assassin.

– Non, mais tu as peut-être envie de me protéger contre lui, contre d'autres tueurs ? Tu comprends, il doit être fou de rage et d'angoisse. Soit le tueur ne me ratera pas la prochaine fois, soit c'est Maur qui ne le ratera pas.

– Ouais, fit Serge. Moi, oui, non, tu sais, jouer les gardes du corps... Je suis plutôt un non-violent.

– Oui, mais toi aussi, tu as un fusil.

– Comment tu sais ça ?

– Khedidja l'a trouvé par hasard.

– Eh bien oui, je fais du tir, et après ?

– Après ? Tu veux dire : *après* ?

Elle revint à lui, lui mit les mains sur les épaules, le regarda jusqu'au fond des yeux.

– Après, dit-elle, si tu veux bien, on se mariera.

– On se quoi ?

– On se mariera.

Les millions des Dupont défilèrent dans l'imagination de Serge. Un à un. Il y en avait beaucoup. Il eut un véritable mouvement d'humilité.

– Tu veux m'épouser, toi ? Pourquoi ça ?

– Je pourrais te dire que je t'aime. Je pourrais te dire que je t'ai dans la peau. Je pourrais te dire que... tu m'inspires confiance. Choisis.

– Et pour ça, tu veux que moi, je... ?

Elle inclina la tête et, des lèvres seules, esquissa :

– Bien sûr.

CHAPITRE XXVII

Avant de partir, on fit une collation dans la salle à manger qui avait tant impressionné Serge la première fois et qu'il commençait à connaître : caviar avec de la vodka glacée, jambon de Parme arrosé d'un orvieto, fromages de Bourgogne accompagnés d'un clos *de* vougeot – « Il faut dire *de* vougeot et non pas vougeot, comme les ploucs », précisa Maur : ce fut son seul signe d'humeur à l'encontre de Serge qui venait de s'extasier sur le « clovougeot ». Pour le reste, M. Theyssandier paraissait maître de lui-même comme de l'univers et avait accueilli Serge et sa vieille valise de carton bouilli avec une gentillesse souriante, comme si rien ne s'était passé :

– C'est gentil d'accepter une invitation comme ça, au pied levé. Je pensais bien que Marie saurait vous persuader.

Aucune émotion ne se lisait dans les yeux très bleus. Serge se dandinait, essayant de se donner l'air « décontracté ».

À table, on parla de littérature. Maur raconta l'histoire d'Alexandre Dumas, affolé parce que son nègre venait de mourir en plein feuilleton. Qu'allait-il faire ? Mais il s'était inquiété pour rien : les chapitres continuèrent à arriver comme si de rien n'était. Le nègre avait un nègre. On rit.

Alors Maur raconta l'histoire de François Mauriac qui, voyant une retouche à faire dans la nécro qu'il venait de consacrer à Montherlant, téléphone au marbre : « Apportez-moi ma nécro. » On lui apporta... la sienne, que *Le Figaro* tenait toute prête, et il apprit ainsi ce que ses chers confrères se proposaient de dire de lui après sa mort. On rit.

Serge ne voulut pas demeurer en reste. Il raconta l'histoire de l'Anglais qui voyage en Australie et auquel son guide fait l'article : « Vous n'avez jamais vu des troupeaux de moutons aussi nombreux, hein ? Et vous n'avez jamais vu autant de lapins, hein ? Et vous n'avez jamais vu des aborigènes aussi primitifs, hein ? – Non, dit l'Anglais. Et je n'ai jamais vu non plus d'aussi grandes sauterelles. » On rit.

– Les enfants, je ne veux pas vous presser, mais nous avons tout de même cinq bonnes heures de route pour aller à La Vitrine, dit Mme Theyssandier.

– La Vitrine ? s'étonna Serge.

– Ah ! c'est vrai, on ne vous a même pas dit où on allait, fit Maur en riant. (Serge n'avait pas osé demander.) C'est une baraque que nous avons en Périgord et qui s'appelle La Vydrine. Nous l'appelons La Vitrine, vous verrez pourquoi.

– Sors la voiture, dit Marie, je vous rejoins.

Ils se retrouvèrent dans l'ascenseur, Maur avec un petit bagage de chez Gucci et Serge avec sa valise.

– Je vous donne une dernière chance, dit Maur. Ne la manquez pas. J'ai dit : ne *la* manquez pas cette fois. Vous m'entendez ?

Depuis tout à l'heure, Serge n'avait cessé de se

demander pourquoi Maur l'invitait à passer ce week-end en famille. Était-ce pour quelque raison tordue, ou parce qu'il lui serait difficile de trouver un autre tueur et qu'il voulait en finir au plus vite ? Maintenant, c'était clair.

– Cinq sur cinq. Je vous entends cinq sur cinq.

De l'œil, Maur désigna la valise :

– Vous avez ce qu'il faut ?

– J'ai ce qu'il faut. Démonté, bien sûr. Je préfère les emporter montées, mais un sac de golf, ça aurait pu lui donner des idées.

– Vous avez intérêt à ne pas manquer votre coup et à ne pas me raconter de bobards après.

– Oui, non, ce n'étaient pas des bobards. Je me suis trompé. Ça arrive. Ça ne vous arrive jamais, vous ? C'est statistiquement impossible que je me trompe une deuxième fois. Vous avez prévu un… dispositif ?

– Oui. Je vous expliquerai. Vous ne courrez aucun risque. Aucun, c'est promis. En fait, ce montage est plutôt plus sûr que l'autre. Vous n'avez dit à personne que vous partiez avec nous ?

– Comment j'aurais pu ? Marie ne m'a pas quitté une seconde. J'ai téléphoné à une copine pour la décommander.

– Sous quel prétexte ?

– Pas de prétexte. C'est ce qu'il y a de mieux pour les faire marner. Et alors ça les assouplit : pour une autre fois, vous comprenez ? C'est ma méthode. Elle a dû se dire que j'avais trouvé mieux qu'elle. Sont toutes les mêmes, vous savez.

L'ascenseur s'ouvrait sur le sous-sol, sinistre comme tous les sous-sols, même ceux des riches. Les bagages furent avalés par le coffre.

Theyssandier, sans cérémonie, ouvrit la portière avant gauche.

Maltèse ouvrit la portière avant droite.

– Montez derrière, dit Theyssandier. Vous ne voulez tout de même pas prendre le siège du mort ?

Ils se regardèrent un quart de seconde par-dessus le toit de la Légende et échangèrent un semblant de clin d'œil presque rigolard et d'autant plus sinistre. Non, c'est faux de dire qu'ils l'échangèrent : ils pensèrent à l'échanger et le retinrent au dernier moment.

Maur prit le volant et bloqua la voiture au bord du trottoir. Marie arrivait déjà avec son Gucci.

Ce fut un étrange voyage dans la soirée de juillet se transformant en nuit, au rythme des kilomètres que débitait l'autoroute. Le mari, la femme et l'amant, coincés, cette fois, dans un cercueil horizontal et non plus vertical, et roulant vers l'accomplissement de leur destin.

Serge, sur le siège arrière, un bras paternellement jeté sur le Gucci, regardait les deux nuques devant lui. Rien de plus désarmé qu'une nuque. C'est dans la nuque que les tueurs du KGB abattaient leurs victimes au fond des caves de la Loubianka. La nuque dorée de Marie était coiffée au micron près : pas un cheveu ne dépassait, et l'odeur capiteuse du Shalimar s'en dégageait. La nuque châtain foncé de Maur était rasée de près, pour mieux faire ressortir le charme viril des cheveux ondulants, portés un peu long. Et Serge était le maître de ces deux nuques. Non qu'il s'apprêtât à tirer *hic et nunc* sur le chauffeur ou la passagère, mais il savait que vingt-quatre heures ne s'écouleraient pas sans que l'un des deux ne fût mort, mort de sa main à lui, ce qui lui donnait une haute opinion de sa toute-puissance.

En apparence, il avait le choix : le mari lui avait commandé la mort de la femme, la femme lui avait commandé la mort du mari. Idéalement, il aurait peut-être même pu exécuter les deux commandes, sauf qu'il n'y aurait trouvé aucun avantage. Dans la réalité, les choses, bien sûr, n'étaient pas si simples, et le destin pesait lourdement sur un des deux plateaux de la balance.

Notez premièrement qu'en tuant Marie, Serge gagnait au maximum un million, à supposer que Maur tînt parole, tandis qu'en tuant Maur, il en gagnait beaucoup, si Marie tenait la sienne (et pourquoi ne la tiendrait-elle pas, puisque, en la tenant, elle allait bénéficier des faveurs de Serge ?). (Oui, Marie passait pour radine, et peut-être que le contrat de mariage serait sous le régime de la séparation des biens, mais enfin, avoir une femme riche, à condition de n'être pas idiot, c'est presque aussi bon que d'être riche soi-même.) Notez deuxièmement que Maur parlait vaguement d'un dispositif de sécurité tandis que Marie garantissait elle-même la sécurité de Serge, puisqu'elle lui avait promis de décrire l'assassin comme un petit homme grassouillet et barbu. Notez troisièmement que Maur Theyssandier avait toujours l'affaire Abadie dans sa manche, et qu'il serait confortable de l'enterrer à jamais avec lui, tandis que Marie ne pourrait jamais dénoncer Serge comme assassin sans se dénoncer elle-même comme complice. Notez quatrièmement que Maur n'avait pas encore précisé comment l'assassinat qu'il souhaitait devait se dérouler, tandis que les consignes de Marie étaient précises, et il devait les exécuter dès cette nuit, tandis que Maur avait l'air de vouloir attendre le lendemain et que donc, pour le satisfaire, il faudrait commencer par désobéir à Marie, ce qui n'aurait aucun sens. Pour toutes ces raisons, Serge savait d'avance quelle commande il exécuterait. D'ailleurs, il n'avait jamais éprouvé de sympathie pour Maur Theyssandier, qui l'intimidait désagréablement, tandis qu'avec Marie il avait tout de même de bons souvenirs. Telle était la méditation de Serge sur le siège arrière.

Sur le siège avant, Maur, conduisant vite et bien, sans presque savoir qu'il conduisait, méditait aussi.

« Elle ou lui ? Théoriquement, j'ai encore le choix. D'abord, au lieu de l'empoisonner lui, je peux l'empoisonner elle. Mais je risque d'être pris. Les flics s'arrangeront bien pour faire parler Khedidja. Ou sinon, il y aura une autopsie, ou je ne sais quoi. Ensuite, je peux simplement m'abstenir de l'empoisonner et le laisser aller jusqu'au bout de la deuxième chance que je prétends lui donner. Mais je n'oublie pas que, étant le bénéficiaire de la mort de Marie, je suis suspect *a priori*, suspect en dépit de tous les alibis, de tous les dispositifs de sécurité que je pourrais inventer, et à travers lesquels la police ne manquera pas de voir la vérité. Et lui, d'après Marie, sait que je ne suis pas qui je parais être, il me tient donc tout aussi fort que je le tiens moi avec l'affaire Abadie. Si, une deuxième fois, Marie l'écoute, mieux que la première, elle peut fort bien décider de faire annuler notre mariage. Tant que Maltèse est vivant, je ne suis en sécurité d'aucune manière. En appliquant le plan de Marie, je ne risque pas grand-chose : je n'ai pas de motif connu d'en vouloir à Maltèse, personne ne sait qu'il est parti avec nous, je ne laisserai pas de traces sur le gobelet, et bien malin qui retrouvera le corps au fond du cluseau. Il faut simplement que je sois patient et que je repousse l'affaire Marie à plus tard. Dommage qu'elle n'ait pas voulu lui administrer le poison elle-même, j'aurais été encore mieux couvert, mais que répondez-vous à qui vous dit "Je suis femme, je peux aider mon mari à assurer sa sécurité, mais je ne peux pas prendre une vie de mes mains" ? »

Marie, elle, ne médite pas : elle dort.

À Poitiers, on quitte l'autoroute, et on suit la nationale à quatre voies jusqu'à Angoulême. On contourne Angoulême par de petites routes dans lesquelles il ne faut pas s'embrouiller, on roule jusqu'à La Rochebeaucourt, et soudain Maur arrête la voiture en pleine nuit, en pleine campagne. Les étoiles brillent, les herbes grésillent, ou sont-ce des insectes insomniaques ? Le bon air nocturne envahit la Légende.

– Je commence à en avoir plein les bottes, dit Maur, de bonne humeur. Nous sommes en Périgord : c'est comme si nous étions arrivés. Encore une heure à peu près. Vous ne trouvez pas qu'il fait soif ?

Marie s'est réveillée.

– Qu'est-ce que tu veux boire ?

– Qu'est-ce que vous prenez, Serge ? Un bon pur malt bien tourbé ? J'ai du Bowmore.

– D'accord.

De la boîte à gants, Maur tire une fiasque en argent et un étui de cuir contenant six gobelets en vermeil emboîtés les uns dans les autres. Le premier est innocent ; le deuxième contient une poudre de jusquiame du Maghreb fournie par Khedidja ; tous les autres sont innocents.

– Et toi, Marie ?

– Non, merci, Maur. Je n'ai pas soif.

Il la regarde, un sourcil levé. Que signifie ce changement de programme ? Il était convenu pourtant qu'elle prendrait elle aussi un petit fond. Mais Maur décide de ne pas insister. Il ne voit pas la signification de ce décalage par rapport au plan. Après tout, quelle différence cela fait-il que Marie boive ou ne boive pas ? Il faut simplement ne pas se tromper de gobelet.

– Je me demande comment vous résistez, avec vos gants, par cette chaleur, dit Serge.

Maur regarde ses gants de pécari. À trous.

– Pour être belle, il faut souffrir, cite Marie gaiement.

– Ce n'est pas cela, dit Maur. Plus il fait chaud, plus on a besoin de gants. Je préfère ma propre sueur au poisseux des choses.

Il dévisse le couvercle de la fiasque et il verse une bonne rasade dans le verre numéro 2, qu'il tend à Serge. Puis il verse une autre rasade dans le verre numéro 1 et boit une bonne gorgée. Sa bouche s'emplit d'un goût de fumée.

– Je croyais qu'on n'avait pas le droit de boire au volant, dit Serge.

– Encore une forme de racisme, dit Maur. Il ne s'agit pas de se bourrer la gueule, mais un coup d'alcool de bonne qualité n'a jamais fait de mal à personne. C'est comme le tabac. Moi, qui n'ai jamais fumé, j'ai envie de me mettre au cigare, rien que pour embêter les culs-bénits qui persécutent les fumeurs.

– Ah ! non, dit Marie. Pas le cigare. La pipe, si tu veux. Avec de l'Amsterdamer.

Maur passe la tête par la fenêtre ouverte. La lumière stellaire pleut sur le Périgord enveloppé dans le silence de la nuit. Des blancheurs, au loin.

– « Cette obscure clarté qui tombe des étoiles »… Pas idiot, le père Corneille.

Serge boit à petits coups. Il n'est pas sûr d'aimer cette suie liquide, mais c'est sûr qu'elle fait du bien à l'œsophage qu'elle brûle délicieusement. Maur et Marie ne se regardent pas. Ils ne se sont jamais sentis aussi mariés qu'à cette minute.

Chapitre XXVIII

Encore une longue route qui semblait s'allonger indéfiniment à mesure qu'on s'approchait du but. Il fallait se distraire. Maur entama des chansons gaillardes, apprises pendant son service militaire et que Serge connaissait aussi. Ils chantèrent :

Les filles de Camaret
Ne sont pas toutes vierges…

et

Je l'ai vu, tu l'as vu,
L'abricot d'la cantinière…

et

Mon grand-père et ma grand-mère
Ont coutume de coucher nus…

et

Ah ! que faites-vous, quelles vilaines manières,
Sens dessus dessous et sens devant derrière…

et même

Ma fille, mets-y d'la paille.

Marie riait à gorge déployée d'entendre toutes ces paillardises chantées en harmonie par son mari et son amant. Serge riait de chanter en harmonie avec un homme qu'il allait exécuter dans les heures qui suivraient. Maur riait de chanter en harmonie avec un homme qu'il avait déjà exécuté et qui ne le savait pas encore. Ce fut un grand moment de libération pour tous, une exaltation du moi qu'ils n'avaient pas encore connue et ne connaîtraient plus jamais. Oui, le Destin avait fait un nœud à son mouchoir et n'avait pas oublié le trio.

La Légende quitta la nationale, prit une départementale, quitta la départementale, prit une cantonale, quitta la cantonale, prit un chemin de terre qui serpentait entre des haies. Des ronciers griffaient la carrosserie au passage. Le chemin montait, cahotait, On était déporté tantôt à droite, tantôt à gauche. Marie riait d'être précipitée contre son mari et Serge contre le Gucci. Il n'y avait pas de lune et les étoiles s'étaient voilées : seul le cône des phares allumait dans les ténèbres tantôt un arbre tordu comme un gnome, tantôt une borie accroupie dans un champ, tantôt un lapin traversant le chemin en trois bonds. Et soudain.

Et soudain les phares semblèrent s'éteindre parce que de l'ombre avait surgi un château en cristal qui déversait sur les environs un torrent de lumière glacée.

Serge, éberlué, se pencha en avant.

– La Vydrine, annonça Marie.

– La Vitrine, corrigea Maur.

Le château avait formé, au Moyen Âge, un quadrilatère classique avec quatre tours aux angles. Deux d'entre elles s'étaient complètement effondrées, comme une bonne partie des murs des deux autres et ceux du quadrilatère central. Tout ce qui pouvait encore être sauvé l'avait été, et le reste des murs et des planchers, au lieu d'être sottement restauré, avait été remplacé par d'immenses dalles de verre, verticales, horizontales, droites, arrondies, galbées, formant en effet une gigantesque vitrine où pendaient dans le vide des cheminées Renaissance, avec colonnettes sculptées, pilastres corinthiens, « lions, alérions et guivres » ciselés sur des écus héraldiques. L'effet, comme à Paris, était celui d'un aquarium, mais dix fois plus grand et entouré de toute part de chênes, de pins, de châtaigniers, dont les cimes s'emmêlaient.

– Comment avez-vous fait pour allumer ? demanda Serge.

– Il y a des projecteurs aux angles, réagissant à des senseurs thermiques. On a moins de chances de se faire « visiter », et c'est pratique quand on arrive.

Maur arrêtait la Légende devant une poterne aux planches cloutées. Il était deux heures et demie du matin. L'air embaumait.

– Vous verrez, la topographie est simple. Il n'y a d'habitable que la tour nord, la vôtre, et la tour sud, la nôtre, qui se font face de part et d'autre du bloc central, où nous n'avons encore aménagé que le rez-de-chaussée, qui fait cuisine, salle à manger, salon, dans une seule pièce. Mais n'ayez crainte. La plomberie marche et votre lit est fait. Et si vous avez encore faim, le frigo est par là. Soif ? Le bar est par ici.

Ils étaient entrés dans cette pièce unique, tout en

parois de verre, en rideaux de velours, en tapis jetés sur le sol formé d'une dalle de béton, avec cuisine à l'américaine, fauteuils cubiques, table formée d'une immense rondelle de bois pétrifié.

Maur ouvrit une petite porte à droite, qui donnait sur un escalier en colimaçon.

– Bonne nuit. Vous trouverez les commutateurs à main droite. Rendez-vous demain matin, à l'heure qu'il vous plaira. Ici, c'est l'abbaye de Thélème.

Tout en parlant, il observait son invité pour voir si les premiers symptômes d'excitation motrice apparaissaient. Nullement. Serge Maltèse semblait frais comme un gardon.

– Ça ne durera pas, mon vieux, ça ne durera pas, pensa Maur.

Serge salua Marie, fit un geste d'amitié à Maur et grimpa trois étages, sa valise s'accrochant aux murs de pierre.

Il déboucha dans une salle ronde, dont les murs étaient percés de trous obturés de verre, ce qui donnait d'abord un intense sentiment d'insécurité, mais on s'habituait vite à vivre ainsi dans le ciel. Il y avait aussi une vraie fenêtre à meneaux que Serge s'empressa d'ouvrir. Elle donnait dans la direction de l'autre tour, par-dessus le quadrilatère central. Les projecteurs continuaient à déverser leur lumière sur les vieux murs, sur les cheminées suspendues, sur les plaques de verre et sur le jardin. D'un coup, les projecteurs s'éteignirent, et le paysage prit un tout autre aspect.

D'abord, Serge ne vit plus rien. Puis il distingua la pâleur du ciel et les frondaisons qui se détachaient dessus. Ensuite, la tour qui lui faisait face émergea de la nuit, masse indistincte qu'aucune lumière ne perçait.

Les lieux étaient exactement tels que Marie les lui avait décrits, et elle l'avait prévenu qu'elle n'allumerait pas aussitôt, pour des raisons qu'elle ne lui avait pas dites.

Il recula dans la profondeur de sa chambre et, s'asseyant sur le lit à baldaquin, remonta sa carabine. À cette distance-là, quelque vingt-cinq mètres, la lunette ne lui servirait à rien, mais enfin il n'allait pas la démonter. Il mit ses gants et alla essuyer le commutateur. Puis il éteignit. La haute fenêtre à meneaux se profila en clair sur l'obscur du mur. Il traîna une cathèdre lourde comme trois ânes morts jusqu'à la fenêtre et posa le fût de la carabine sur l'appui. La hauteur était confortable. Un jeu d'enfant. Il n'y avait plus qu'à attendre. La tour sud allait bientôt s'éclairer et alors… adieu, monsieur Theyssandier !

Soudain Serge sentit sa bouche commencer à se dessécher. En même temps, son cœur se mettait à battre plus vite. Ce n'était rien : l'excitation de la fin, jugeat-il, une sorte de regret à l'idée que tout allait se terminer si vite.

Chapitre XXIX

Maur et Marie étaient arrivés dans leur chambre, ronde aussi, avec des meubles de haute époque, des verdures, des armures, toute une pacotille gothique de grand prix.

– N'allume pas, dit Marie.

Elle alla à la fenêtre et l'ouvrit toute grande.

C'était une vaste baie qui aurait défiguré les nobles vieux murs si elle y avait été pratiquée, mais, au contraire, elle avait été aménagée dans une brèche ouverte par les ans et les intempéries ou peut-être les bombardes anglaises de la guerre de Cent Ans.

L'odeur de la roseraie plantée au pied de la Vydrine emplissait les narines des deux époux qui se tenaient penchés sur le vide, la respirant largement. Maur avait passé un bras autour des épaules de Marie et la pressait contre lui.

– Maur, demanda Marie, est-ce que le nom de Leïla Oumokrane signifie quelque chose pour toi ?

– Leïla… ? Non, rien du tout.

– Tu veux bien que je te raconte son histoire ?

Il étouffa un bâillement, mais ne protesta pas.

Au fur et à mesure qu'elle la lui racontait, il se remémora la sienne.

Chapitre I

Si Mimi

L'aspirant Michel Turot débraya, passa la première du GMC, jeta un coup d'œil en coin à son voisin, le sergent Serge Maltèse, aspira beaucoup d'air et embraya. Ce n'était pas réglementaire qu'un aspirant conduisît lui-même un véhicule, mais le véhicule était sous la responsabilité du sergent, et le sergent était d'accord : c'était pour cela d'ailleurs que l'aspirant l'avait associé à sa désertion. Sinon, malgré tous les documents qu'il avait falsifiés, il n'aurait jamais pu soustraire ce camion plein de munitions à l'armée française : il y avait là des caisses de 9 mm pour les PA et les PM, des caisses de 11,43 pour les Colt et les Thompson, des caisses de 7,5 pour les MAS 36 et les MAS 40, des caisses de grenades OF et de grenades DF. Il n'y avait pas d'obus de mortier, mais les HLL n'avaient guère de mortiers. Le rendez-vous avait été pris par l'intermédiaire de l'instituteur communiste qui était, à Bougie, le contact de l'aspirant communiste Turot.

Le GMC roula sous les voûtes du fort Clauzel.

La sentinelle présenta les armes.

Pourquoi Michel Turot était-il devenu communiste ?

Il aimait à croire que c'était par idéalisme, mais en réalité le sort des masses l'intéressait fort peu. Au contraire, il avait cru trouver dans le communisme le dernier bastion d'une conception véritablement aristocratique de la société : en haut, les chefs ; plus bas, les troupes du parti ; tout à fait en bas, le reste des hommes qu'on rendrait heureux malgré qu'ils en eussent. Et, s'il avait accepté de gaîté de cœur la mission de livrer un camion de munitions aux rebelles – des munitions qui coûteraient la vie à des Français – ce n'était pas non plus par discipline ou par suite d'une sympathie débordante pour l'Algérie indépendante : il pressentait que la cause de la rébellion finirait par gagner sur les tapis verts des civils, même si elle perdait sur le terrain des militaires, et il imaginait qu'il y aurait une jolie place à prendre dans ce nouveau pays pour un étranger qui aurait tant fait pour lui. D'ailleurs étranger ? Les Français seraient-ils jamais étrangers dans ce pays qu'ils avaient créé de toutes pièces ? Lui, simple chef de section dans l'armée française, il ne doutait pas qu'on lui donnât à commander un *failek* ou au moins une *katiba* de l'ALN. Pour commencer. Ensuite, sa carrière n'aurait pas de limites. Et si, pour réussir, il lui fallait renoncer au communisme et peut-être même – pourquoi pas ? – se faire musulman, il n'excluait par avance aucune de ces options : après tout, la polygamie a du bon (il était à l'époque un chaud lapin), et qui va vérifier si vous faites vos cinq prières par jour ?

Au sortir de Bougie, un troufion demanda à voir l'ordre de mission de l'aspirant Turot, et releva la barrière. Maintenant, il s'agissait seulement de ne pas tomber dans une embuscade rebelle dont « les personnels » n'auraient pas été prévenus… Tout se déroula sans anicroche. À l'entrée de Timri Tala Tazert, des hommes basanés en tenue camouflée apparurent au détour d'une haie de figuiers de Barbarie et ils firent signe pacifiquement que le GMC devait s'arrêter, ce qu'il fit.

L'accueil, à vrai dire, ne fut pas aussi chaleureux que Michel Turot s'y était attendu. Les munitions intéressaient les rebelles et toutes les caisses, portées à dos d'homme, disparurent en fort peu de temps ; le camion les intéressait moins : ils y mirent le feu ; quant à l'aspirant et au sergent français, pour un peu, on leur aurait demandé de retourner à pied là d'où ils venaient. On les nourrit et on ne les désarma pas, mais il n'y eut ni accolades ni discours de remerciements. Turot et Maltèse se regardaient avec perplexité :

– C'est parce que les grands chefs ne sont pas encore au courant, dit Turot.

– Allah vous entende, mon lieutenant, répondit Maltèse, qui commençait à se demander si cette histoire de désertion pour raisons idéologiques était bien sérieuse.

Lui aussi était vaguement communiste, mais il avait déserté surtout parce que la personnalité de son chef l'impressionnait, et maintenant il n'était plus sûr d'avoir agi bien sagement.

Trois jours se passèrent, pendant lesquels les deux déserteurs ne furent pas encouragés à sortir d'un refuge camouflé dans les forêts de l'Akfadou et ne trouvèrent rien à faire que d'interminables parties de quatre-vingt-et-un que le petit Turot gagnait presque invariablement au grand Maltèse. Turot était passionné de photographie et avait emporté des centaines de pellicules. On le dissuada de les employer. Enfin une lettre tapée à la machine arriva et fut remise à l'aspirant.

Armée de Libération Nationale
Willaya 3
Le commandant Si Amirouche à Turot Michel et Maltèse Serge

Par décision de ce jour, en reconnaissance des services rendus par vous, vous êtes nommés respectueusement aspirant et sergent dans le 3e failek, katiba 2, *aux ordres du capitaine Si Malek. La liberté ou la mort. Et ici je termine ma charmante missive.*

Signé : Si Amirouche

Il n'y avait rien d'autre à faire que se présenter au capitaine Si Malek.

– Enfin, je ne comprends pas ! lui dit Turot, en fronçant les sourcils, ce qui fit apparaître entre les deux la ride du lion qui lui donnait l'air si méchant. J'ai fait le stage de Cherchell. Je suis chef de section dans l'armée française. Et vous me donnez le même rang dans votre bande de pouilleux ? Héroïques, tant qu'on voudra, mais pouilleux tout de même. Il n'y aurait pas une erreur quelque part ?

Si Malek le regarda ironiquement et lui répondit en un français parfait :

– Non, mon lieutenant. Il n'y a pas d'erreur. Quelles preuves de compétence nous avez-vous données ? Si vous voulez savoir, moi j'étais pour qu'on vous fasse le sourire kabyle à l'arrivée. Si Amirouche a décidé de vous donner votre chance. Vous commanderez la *ferka* 3.

Les paras ont tué avant-hier son aspirant. Vous pouvez disposer.

À part le vouvoiement, Turot n'obtint aucune marque de respect particulière et se mit à examiner aussitôt les possibilités de réparer l'erreur qu'il avait commise. Mais, pendant un bon moment, il ne s'en présenta pas. Ses nouveaux amis le surveillaient étroitement, et, pour l'armée française, il était non seulement un déserteur mais un traître. Étant donné que la guerre d'Algérie n'avait pas le statut de guerre et ne passait que pour une opération de police, peut-être, s'il se rendait, échapperait-il au peloton d'exécution, et encore il n'en était pas sûr.

Cependant Si Malek voulait avoir des preuves de son allégeance, et, plutôt que de lui révéler le secret des grandes opérations qu'il avait en tête, il le chargeait de petites embuscades, de coups de main, comme celui qu'il lui ordonna de faire sur la ferme Abadie :

– Monsieur et madame Abadie, lui dit-il, ils sont fous. Ils croient qu'ils peuvent rester dans leur ferme sans autre protection qu'un GAD armé de fusils de chasse. Alors il faut faire un exemple. Les Abadie, vous les tuez ou non, comme ça se trouvera, mais les melons qui les défendent, il faut qu'ils y passent.

Turot réussit brillamment son coup de main. Les musulmans membres du groupe d'autodéfense tombèrent en défendant la ferme. Maltèse demanda le privilège de descendre le couple Abadie et en tira visiblement du plaisir. Cette fois-ci, il n'y eut personne pour empêcher Turot de prendre des photos. Ensuite, il livra la propriété au pillage et erra lui-même dans les pièces principales, à la recherche de souvenirs à emporter. Au fond d'un placard, il trouva une fillette accroupie, qui grelottait de peur. Elle n'était pas particulièrement appétissante avec les lunettes qu'on lui avait mises pour corriger son strabisme et l'appareil dentaire qu'on lui avait fourré dans la bouche pour rectifier l'ordonnance de ses dents, mais il semblait congru que la tuerie et le sac se terminassent par un viol, et Michel se soulagea d'une longue chasteté, sans même se demander si l'enfant, habillée à l'européenne, était Française ou musulmane. Il se releva assez fier d'être allé jusqu'au bout sur la voie du mal. Le reste, c'était encore de la politique, mais là, il venait de se démontrer qu'il était capable de tout : rien de tel pour se respecter à fond. Sur le moment, il ne songea pas qu'il était plus prudent d'abattre la fillette qui pouvait se révéler un témoin gênant. D'ailleurs il éprouvait un plaisir confus à la laisser vivre souillée. Le lendemain, il avait oublié qu'elle existait.

Le coup de main réussi sur la ferme Abadie aurait dû faire revenir Si Malek sur ses préjugés et permettre à Si Mimi, comme les hommes de Turot se mirent à l'appeler, de monter en grade. Mais il n'en fut rien, et lorsqu'il alla exprimer ses doléances, il s'entendit répondre :

– Tout ce que nous savons de vous, Turot, c'est que vous êtes un traître dans votre propre pays. Nous n'allons tout de même pas vous faire confiance dans le nôtre.

À partir de ce jour, Michel Turot, le sillon creusé de plus en plus profond entre les sourcils, commença à combiner une nouvelle désertion, en sens inverse.

La chance lui sourit. Sa *katiba* fut durement accrochée par les bérets verts et se réfugia dans une grotte. Au dernier moment, il fit signe à Maltèse et, au lieu de se mettre à couvert, ils prirent la poudre d'escampette, franchirent le bouclage, impossible à réaliser parfaitement dans ce «terrain de cochon», firent trente kilomètres dans la nuit et se retrouvèrent à Akbou, où ils prirent hardiment le train après avoir enlevé leurs galons fellaghas. Personne ne s'étonnait de voir deux militaires français voyager ouvertement. Mission ou permission ? Il n'importait pas aux autres passagers. Ce fut par *L'Écho d'Alger* qu'ils apprirent que le génie avait fait exploser la grotte et que, dans l'explosion, était certainement mort l'aspirant Michel Turot qui, quelques mois plus tôt, avait livré un camion de munitions aux fellaghas. Tout le monde se félicitait de cette juste mort, et Michel Turot plus que les autres. Il allait pouvoir recommencer une nouvelle vie.

À Alger, il décida qu'il valait mieux pour lui se séparer de Maltèse. À deux, le risque d'être reconnus était au moins double. Turot avait des moyens, il partagea avec son complice et lui conseilla d'acheter des vêtements civils et de disparaître pour un bon bout de temps : il n'y fallait que de faux papiers qu'un contact communiste fournit complaisamment.

Maltèse courut donc le monde, connut la Floride et l'Australie et finit par revenir en France où il reprit son identité et où personne ne songea à l'inquiéter, les prescriptions, les amnisties et l'oubli naturel à l'homme s'additionnant pour assurer sa sécurité. Dans l'entretemps, il avait rarement eu l'occasion de se donner le plaisir de tuer qu'il avait découvert en Algérie : il ne se sentait pas doué pour les métiers de mercenaire ou de nervi qui lui auraient permis d'assouvir ses instincts plus souvent. Tout de même, il participa à des chasses au gros et exécuta deux clochards noirs à Miami : juste de quoi se maintenir en appétit...

Michel Turot procéda autrement. Il avait plusieurs cartes maîtresses en main. Ses parents étaient morts, en lui laissant de l'argent et après lui avoir donné un demi-frère, nommé Maur Theyssandier, qu'une méningite avait emporté dans sa petite enfance. En outre, il s'était fait des relations utiles grâce à ses contacts communistes, en particulier avec le vieux secrétaire de mairie de Mantes, où il était né. Bien sûr, Maur aurait pu demander au parti lui-même de le protéger, et la protection eût été professionnelle, expérimentée, efficace. Mais il se méfiait : s'il demandait trop de choses aux communistes, eux le tiendraient jusqu'à la fin de sa vie et le presseraient comme une orange jusqu'à ce que mort s'ensuivît. Il ne leur en voulait pas, il aurait fait la même chose, mais il aspirait maintenant à davantage de liberté, et la seule expérience qu'il eût menée sous leur égide ne plaidait pas spécialement pour eux. Il se sentait apte à réussir de son côté. Il alla voir le vieux Joseph, aide-comptable de son métier, poivrot de son naturel, et aimant à croire qu'il appartenait au P-P-Parti, comme il disait, alors qu'il n'y avait jamais été admis.

– Camarade, lui dit Turot, tu me connais, tu sais que toute la presse a parlé de moi, que j'étais en service commandé et que j'ai bien rempli la mission que le parti m'avait confiée ?

– Ouais, fit le vieux. J'ai vu ta bobine partout. J'étais fier de toi, fier d'être comme qui dirait ton copain. Mais j'ai rien dit à personne, hein. Je suis un discret, moi. Je sais ce que c'est, hein.

Il pressait son index contre sa bouche décolorée et son long nez bleuâtre.

« Si les camarades apprennent ce qu'il va faire pour

moi, pensa Michel, son compte est bon, et ils auront raison. »

– Écoute, lui dit-il, je suis de nouveau en mission, mais alors là, c'est encore plus secret. Je ne peux même pas te dire qui a donné l'ordre. Si, je vais tout de même te mettre sur la voie, parce que je sais que je peux avoir confiance en toi… Ça ne vient pas de France, tu me suis ? Même le secrétaire général, il ne sait rien de rien, tu me suis ?

– Je te suis, camarade. Je suis avec toi.

– Bon, alors tu me fais un extrait de naissance de Maur Theyssandier, sans spécifier qu'il est décédé. Possible ?

Des lentilles de contact bleu de Prusse et une opération de chirurgie esthétique, qui aplanit la ride du lion et élargit les golfes temporaux, fit le reste. Michel avait un tour d'esprit littéraire et il pressentait que le monde de l'édition allait jouer un rôle important en France dans les années 60, 70, et peut-être même après. Les éditions Maur Theyssandier furent créées.

CHAPITRE II

Leïla

M. Abadie descendait d'un communard dont la peine de mort avait été commuée et qui s'était installé en Algérie, où il était devenu colon. Apparemment le communard avait rapidement appris à faire suer le burnous, car il était mort riche. Il avait épousé une Alsacienne, dont les parents avaient quitté l'Alsace occupée et faisaient aussi prospérer leur ferme.

Le fils Abadie réussit encore mieux que ses parents parce que, sans abandonner l'agriculture, il se lança dans le commerce : presque toutes les dattes qui arrivaient en Europe passaient par ses entrepôts. Avec cela, grand lecteur du père de Foucauld, il prévoyait que la situation bâtarde qui était celle de l'Algérie ne durerait pas indéfiniment et que, si l'on refusait de faire des indigènes musulmans des Français à part entière – ils ne demandaient pas autre chose – il faudrait un jour choisir entre le cercueil et la valise : dès 1930, il commença à faire la sienne, c'est-à-dire qu'il acheta en France des terres à betteraves et créa sa propre sucrerie. Il sut ensuite diversifier son portefeuille. Il mourut quelques jours avant la Toussaint sanglante de 1954. Il était millionnaire.

Son fils ne lui ressemblait pas. Ayant fait ce qu'on appelle une très belle guerre – la Deuxième Guerre mondiale (ou la Seconde, comme disent les optimistes) – il s'installa à demeure dans la ferme ancestrale et ne surveilla que d'un œil ses affaires françaises qui, heureusement, marchaient bien. Ce qu'il aimait, c'étaient ses terres, ses orangers, ses oliviers, ses cornouillers, ses figuiers et ses hommes, c'est-à-dire les Kabyles, qu'il croyait servir en les faisant travailler pour lui : peut-être ne se trompait-il pas entièrement. Réputé dur mais juste, il était aimé et respecté de tous. Sa femme, Française de la « métropole », s'était adaptée à la vie coloniale et passait son temps à accoucher des « moukères » et à piquer des fesses indigènes.

L'intendant des Abadie, Tayeb Oumokrane, ancien du 7e RTA, décoré de la médaille militaire, faisait régner sur les terres des Abadie la paix française. Bien qu'il fût musulman pratiquant, la cigarette et l'anisette ne lui étaient pas tout à fait inconnues, sauf, bien sûr, en période de ramadan. Il ne concevait pas l'Algérie sans la France et était fier, par-dessus tout, d'avoir servi sous le « drapeau fransi ».

Lorsque la rébellion éclata, M. Abadie n'y crut pas. Les colons étaient assassinés les uns après les autres, Abadie demeurait impavide : « Il peut arriver n'importe quoi à mes voisins, parce qu'ils exploitent les fellahs. Moi, on sait que je suis juste, que je n'ai jamais fait de mal à personne, je suis tranquille. » Et il continuait à circuler dans ses orangeraies comme si de rien n'était. Son intendant l'encourageait dans ce sens :

– Hé, m'sieur, ceux de la forêt, c'est tous des *boujadi.* Ils ne comprennent pas que la France, c'est bon pour tout le monde. Ils vivent encore un ou deux ans comme des chacals et ils deviennent tranquilles.

« Ceux de la forêt » vinrent le voir, lui demandèrent de cesser de travailler pour les colons, lui réclamèrent des cotisations, puis des amendes. Il les renvoya :

– Retournez avec les chacals. Vous devriez être contents que je vous dénonce pas.

Un matin, Mme Abadie avisa dans le vestibule de sa maison un couffin qui n'aurait pas dû y être. Elle l'ouvrit. Il contenait les têtes de Tayeb Oumokrane et de sa femme Fatma. Les lèvres de Tayeb avaient été découpées en dents de scie avec un sécateur, pour le punir d'avoir fumé.

Tayeb n'avait pas d'enfants, seulement une fille, disait-il. Cette fille s'appelait Leïla. Les Abadie, bouleversés de rage et de chagrin, l'adoptèrent aussitôt, l'élevèrent comme l'enfant qu'ils n'avaient pas eue, en firent l'héritière de leur fortune.

L'armée française avait beau gagner la guerre, le gouvernement français s'obstinait à perdre la paix, et les colons les plus intelligents, ou les moins courageux, ou les plus résignés, vendaient leurs terres à perte et essayaient de se recaser en Corse ou en Provence. Abadie, non. Il s'entêtait à dire qu'il voulait mourir où il était né, que, de toute manière, il n'avait que des amis parmi les indigènes, qu'il ne bougerait pas de chez lui, même si, contre toute probabilité, l'indépendance était proclamée, qu'en aucun cas aucun musulman n'oserait le toucher. Il n'avait pas tout à fait tort : ce fut un déserteur français qui les scia en deux, lui et sa femme, avec une vingtaine de pélos de 11,43.

Et Leïla fut violée par un autre déserteur.

Des voisins la découvrirent, encore sanglante et

comme assommée, et l'envoyèrent en France. L'avocat de la famille Abadie lui fit terminer ses études et, à sa majorité, la fit entrer en possession de sa fortune, qui était considérable.

– Dommage, pensait-il, que ces millions tombent entre les mains d'une espèce de demeurée, mais enfin la loi c'est la loi.

Il se trompait : Leïla n'était pas idiote, mais elle avait une idée fixe. Elle était possédée par un besoin auquel elle subordonnait toute son existence : faire justice. *Se* faire justice.

Oh ! il ne lui déplairait pas de venger à l'occasion les Abadie, qui lui avaient fait du bien, mais ce n'était pas là l'essentiel de sa quête : l'obstination bornée de monsieur Abadie et la charité systématique de madame ne lui avaient jamais inspiré beaucoup de tendresse, encore qu'elle sût quelle gratitude elle leur devait. Ce qu'elle voulait, c'était retrouver l'homme qui l'avait déchirée et le châtier, parce que aucun crime ne doit échapper au châtiment qu'il mérite. Le viol moins que les autres, car on a quelquefois le droit, et peut-être même le devoir, de voler et de tuer, mais le viol est la violation sans excuse, l'explosion impardonnable du moi aux dépens d'autrui.

Autour de la mission qu'elle s'était donnée, Leïla organisa toute sa vie.

L'homme, elle était sûre de le reconnaître. Elle n'oublierait jamais la face qui avait grimacé et haleté audessus d'elle, elle la reconnaîtrait vieillie, déformée par l'alcool, tavelée par la maladie, modifiée par la chirurgie, il n'importait pas. Elle ne reconnaîtrait pas cet homme à la vue seule : elle le reconnaîtrait à la voix, à l'odeur, à l'identité même, si bien qu'elle fût cachée.

Elle se sentait devenue chienne de chasse et, si seulement elle croisait jamais son gibier, elle saurait le lever et l'égorger.

Elle fit des études de lettres, de gestion et de droit.

Elle apprit à s'occuper de ses affaires et y mit de l'astuce et de l'avarice, parce qu'elle savait que sa mission ne pourrait jamais être menée à bien sans argent. Elle sut s'entourer d'hommes intègres et compétents et doubla rapidement les moyens que les Abadie lui avaient laissés.

Elle changea de nom. « Abadie » pouvait rappeler des souvenirs à sa bête de chasse. « Leïla » pouvait évoquer pour lui le pays où il avait commis son crime. Elle fit les démarches nécessaires pour prendre le nom de « Marie Dupont » qui, dans sa simplicité affectée, était à la fois un visage inoffensif et un masque menaçant. « Tant que je ne l'aurai pas puni, pensait-elle, je ne mériterai pas d'avoir un vrai nom à moi. » Elle était comme ces officiers de l'ALN qui refusaient de se donner le grade de général tant qu'ils n'auraient pas conquis l'indépendance de leurs pays.

Comment retrouver l'homme ?

Il s'était présenté à la tête d'une section fellagha, mais elle avait tout de suite vu qu'il était Français, Français de métropole, et non pas Kabyle ou Piednoir. À quoi avait-elle vu cela ? Peu importe : elle était sûre de son fait. Les yeux, la voix, la façon de marcher, tout concordait. Or, il n'y avait pas de Français chez les fellaghas, sauf les déserteurs, et il n'y avait qu'un seul déserteur connu en Kabylie à cette époque. Elle rechercha dans les collections de journaux, elle retrouva les photos et frémit lorsqu'elle reconnut le visage large, les dents d'ogre, les cheveux ondulés, la ride du lion :

Mimi Turot, c'était bien lui. Mais Mimi Turot était mort au fond d'une grotte avec son complice Serge Maltèse. Leïla avait dix-huit ans. Le monde vacilla. Si justice avait déjà été faite avant qu'elle ne s'en mêlât, elle ne comprenait plus pourquoi elle vivait.

Elle eut l'intuition que ce n'était pas possible, que le Dieu juste auquel elle croyait ne pouvait l'avoir privée du châtiment de son ennemi. Une fois de plus, elle se renseigna, en y mettant les moyens. Le corps de Mimi Turot n'avait jamais été retrouvé. Gisait-il enterré sous les décombres de la grotte ? Ce n'était pas certain. La vie valait peut-être encore la peine d'être vécue.

Au demeurant, c'était la plus austère des vies, sans amis, sans mondanités, sans métier. Dépouillement quotidien des journaux, lecture des annuaires de téléphone français et étrangers, des dictionnaires de pseudonymes, du *Journal officiel*, de tous les mémoires ayant trait à la guerre d'Algérie, fréquentation de diverses agences de détectives privés. Le stratagème que Michel Turot avait utilisé pour disparaître et reparaître était si simple que ni Leïla ni ceux qu'elle employait n'y pensèrent jamais. M. Maur Theyssandier pouvait défrayer la chronique avec des livres scandaleux : personne ne découvrit qu'il avait aussi un demi-frère déserteur.

– Laissez, laissez, madame, je vais vous les descendre.

Un grand gaillard rigolard, le nez couvert de taches de rousseur, des aiguillettes en guise de cravate, la veste à coudes renforcés de cuir et le pantalon de velours côtelé vert olive, descendit les valises Gucci du train Paris-Limoges et les porta dans la micheline Limoges-Périgueux qui stationnait de l'autre côté du quai.

– Vous allez à Périgueux, madame ? Moi aussi. Permettez-vous que je m'assoie à côté de vous ? Vous préférez peut-être le sens de la marche ?

Il la regardait d'un œil non pas concupiscent mais rieur et caressant à la fois.

– Vous connaissez déjà la région ?

Non, elle ne la connaissait pas. On lui avait signalé un Michel Thureau, avocat à Périgueux, et elle lui avait demandé un rendez-vous. Elle ne révéla pas le but de son voyage à son compagnon qui se présentait déjà :

– Roger d'Estreyssac, cul-terreux de son métier.

À Périgueux, son quatre-quatre l'attendait depuis trois jours dans un stationnement interdit, sans la moindre contravention, bien entendu. Il se fit un plaisir de conduire Mlle Marie Dupont à l'hôtel *Domino* et l'invita à dîner à *L'Oison*. Il riait de tout, était plein de prévenance et de discrétion. Jamais Mlle Marie Dupont n'avait été traitée ainsi. Ayant rencontré maître Michel Thureau, qui ne ressemblait en rien à l'homme qu'elle cherchait, elle se laissa persuader par Roger de visiter un peu le pays, et, deux jours après, d'acheter La Vydrine :

– Vous ne pouvez pas y perdre. Ça vaut une bouchée de pain. Vous revendriez une seule de ces quatre cheminées pour le prix que vous aurez payé toute la baraque.

La veille du jour où Marie allait repartir pour Paris, Roger l'emmena dans la belle chartreuse de la fin du XVIIIe siècle qu'il habitait sur le Causse de Paussac. Le corps de bâtiment principal était flanqué de communs, de granges, de remises, d'écuries. Des machines agricoles stationnaient dans la cour, faisant songer à des monstres préhistoriques peints en jaune, en rouge, en vert. Cette maison à travailler rappela à Leïla la ferme de son enfance : ça manquait seulement de palmiers. On dîna assez solennellement dans l'un des salons ; une vieille femme méfiante servait « monsieur Roger » et sa visiteuse, qu'elle dévisageait et détaillait sans vergogne.

Après le café et l'armagnac qu'ils prirent à table, à la campagnarde – « Cela ne vous dérange pas que nous fassions café curé ? » – Roger demanda à Marie de l'épouser.

Elle lui posa doucement la main sur le poignet.

– Je vais vous répondre franchement, lui dit-elle, donc je ne vous dirai pas toute la vérité. Il ne faudra pas m'en vouloir.

– Pas question que je vous en veuille de quoi que ce soit.

– Pour le moment, Roger, je ne peux pas me marier. Non, je veux être claire. Il ne s'agit pas de mariage. Pour le moment, je ne peux pas être à un homme. Je vais aller plus loin, parce que j'ai confiance en vous. Je me sens trop sale pour être à un homme. Mais j'ai l'espoir de me nettoyer. Et si un jour je suis nettoyée et que vous vouliez encore de moi…

– Et, dans l'entre-temps, nous pourrons nous voir, puisque je vous ai fait acheter cette bicoque et que rien ne m'empêche de monter à Paris de temps en temps ?

Elle chuchota :

– Bien sûr.

Il haussa les épaules en affectant de rire :

– Bref, je n'ai qu'à attendre et à espérer, *esperar,* quoi ? C'est tout à fait dans ma nature. C'est patient, les bouseux, vous savez. Surtout les Périgourdins. *Méta cé méta porc*, comme nous disons.

Il bavardait, il jacassait, pour s'empêcher de pleurer de déception. Elle en fut attendrie.

– Méta quoi ?

– Oh ! c'est un dicton en patois. Les Périgourdins sont *méta cé*, à moitié chien, ce qui veut dire avares, et *méta porc*, à moitié cochons, ce qui veut dire jouisseurs. Et vous savez ce que nous disons des Limousins ? Qu'ils sont *méta cé, méta coquin*. Pas besoin de traduire, hein ? Et pour les Charentais, qui sont de langue d'oïl et non pas de langue d'oc comme nous, nous disons : « En Charente, si tu veux déjeuner, apporte ton panier. »

Elle lui effleura encore une fois la main :

– J'espère être nettoyée bientôt.

Le lendemain, en arrivant à Paris, elle acheta *Lire*. À la page 3, Mimi Turot lui souriait de toutes ses larges dents. La photo, en noir et blanc, ne révélait pas la couleur des yeux, et les rides ne sont pas des signes indélébiles. Elle sut que c'était lui.

Chapitre III

Khedidja

Maur et Marie étaient mariés depuis quelques mois lorsque la Portugaise rendit son tablier et que Marie chercha une autre bonne. Il s'en présenta plusieurs d'origines diverses, généralement immigrées, quelquefois clandestines. La quatrième, tatouée de bleu sur le front et les poignets, habillée de façon bariolée, s'appelait Khedidja. Sans savoir pourquoi, peut-être par un mouvement inconscient de nostalgie, Marie lui parla kabyle :

– *Tagendurt irem tekbah.* Ta robe est jolie.

Khedidja ouvrit de grands yeux et répondit un long discours en berbère marocain. Elles se comprirent à peu près, elles s'aimèrent profondément.

Khedidja avoua qu'elle faisait des ménages parce qu'elle ne trouvait pas à s'employer dans sa spécialité.

– Vous avez fait des études ?

– Oui, j'ai fait, madame. Je suis venue en France pour faire informatique, mais ils sont fous, les Franssi : ils nous font venir, ils nous éduquent et puis ils ne veulent pas nous embaucher. Et ceux qui crient le plus fort pour nous défendre sont encore ceux qui nous font le moins travailler. Je te jure. Et toi, madame, comment ça se fait que tu parles berbère algérien ?

Marie n'avait jamais fait confiance à personne. Elle sentit qu'à cette femme elle pouvait, elle devait, tout dire, que Khedidja serait non pas sa féale mais sa sœur, dévouée jusqu'à la mort s'il le fallait et capable de jouer tous les rôles qui se proposeraient.

– Mais je suis Kabyle, Khedidja.

– Et comment tu as trouvé ton Franssi ?

Khedidja savait parfaitement dire « français » : l'accent était là pour la frime, pour la dérision, la dérision des Français et la dérision de ceux qui prétendent les détester et ne peuvent se passer d'eux.

Marie n'avait jamais raconté son histoire. Elle la raconta à Khedidja. De bout en bout. Les Oumokrane, les Abadie, le viol, la quête, la rencontre… « Lui, il ne pouvait pas reconnaître en moi la petite Kabyle à lunettes et appareil dentaire. D'ailleurs, les Français n'arrivent pas à comprendre que les vrais Kabyles sont blonds comme des Allemands. Ils pensent toujours que nous sommes des Arabes, bruns. Jamais il n'a pensé à l'Algérie en me regardant… »

Khedidja s'était assise dans un fauteuil, les jambes écartées comme si elle portait un *seroual*, les paumes sur les genoux, et elle écoutait, en hochant la tête d'un air sagace.

– Tu n'as jamais eu de doute, madame ? Comment tu peux être sûre après tant d'années ?

– Bien sûr, j'avais un doute. Mais, quand je lui ai caressé les cheveux, j'ai senti la cicatrice sur le crâne, d'une oreille à l'autre : c'est ce qui reste quand on tire la peau pour enlever la ride du lion.

– Alors tu veux te venger, madame. Tu as raison. Le

Dieu, il ne veut pas que les crimes restent comme ça. Qu'est-ce que tu vas lui faire, à monsieur ? Tu vas lui couper les *claouis* ? Tu n'avais pas besoin de le marier pour ça. Pourquoi tu l'as marié ?

Marie se leva.

– Dès le premier jour, dit-elle, quand j'étais encore là à pleurer et à saigner dans ce placard où je m'étais cachée de nouveau, j'ai juré que je le tuerais. Pour ça, j'ai voulu l'approcher. C'était horrible, quand je l'ai retrouvé et qu'il me regardait, me parlait, me touchait. Mais il fallait bien.

– Mais pourquoi le marier ?

– C'est compliqué, Khedidja. Je pense qu'il y a deux raisons. D'abord parce que ça me plaît de penser tout le temps que je lui dirai un jour : « Tu croyais que j'étais ta femme, et moi je préparais ta mort, et maintenant tu vas mourir par moi. » Quand je mange avec lui, quand je bois avec lui, quand je suis au lit avec lui, je me répète cela et ça me donne du courage. J'ai l'impression qu'il mourra plus longtemps comme ça, qu'il souffrira plus. Parce qu'en mourant il faut qu'il sache pourquoi il meurt. Mais il y a une autre raison. Je veux me venger, et je ne veux pas être punie par les hommes pour m'être vengée.

– Alors ?

– Alors il faut que je sois tout près de lui, que je sache ce qu'il fait tous les jours, à chaque heure. Pour saisir l'occasion quand elle se présentera. L'occasion de le tuer et de lui dire pourquoi et sans être punie. Comment pourrais-je être assez près de lui pour tout savoir sur lui sans être sa femme ?

Khedidja poussa un petit sifflement d'admiration :

– Toi, madame, dit-elle, tu sais haïr. Ce n'est pas

donné à tout le monde. Et tu dis au lit. Comment ça se passe au lit ?

Marie se leva et se mit à marcher, les avant-bras croisés sur les seins, comme pour se protéger.

– C'est affreux, dit-elle simplement.

– Tu n'as pas de plaisir ?

– Du plaisir ? ! Je ne sais pas ce que c'est. Je ne saurai pas ce que c'est tant qu'il sera vivant.

C'était comme ça. Ça ne pouvait pas être autrement.

Khedidja réfléchissait :

– Alors, dit-elle, si ça ne doit pas te manquer, tu peux lui couper les *claouis* sans les lui couper. Je te passe une drogue de chez nous.

– Une drogue ?

– Tu sais, nous autres les Berbères on a des drogues pour tout. Si tu veux que ton mari ne voie pas ce que tu fais dans son dos, tu lui fais manger du couscous roulé par un mort…

– Les morts roulent le couscous, Khedidja ?

– Hé ! Chez nous, ce n'est pas compliqué : tu vas au cimetière, tu prends une main de squelette et tu roules. Il paraît que ça marche. Mais toi, je te donne le tuyau : tu te fais prescrire de l'Androcur par ton toubib et tu lui en mets dans son *chrab*. Tous les jours un peu. Alors lui, il va grossir, surtout de la poitrine, et, peu à peu, il ne pourra plus. Il va inventer des trucs pour pouvoir, des huîtres, des mouches cantharides, du baume du Tigre, tu vas t'amuser. Mais il ne réussira pas. C'est pas possible. Bien fait pour lui. Et après ? Tu veux l'empoisonner ? J'ai ce qu'il faut : de la jusquiame. Le même que les Touareg ils ont empoisonné la mission Flatters à El-Gharana. Je t'ai dit, nous, les Berbères, on a des drogues pour tout.

– Je ne veux pas l'empoisonner. La police trouverait que c'est moi. On me mettrait en prison. Je veux qu'il se tue lui-même.

Khedidja, avec deux doigts, fit le geste de se tirer une balle dans la tête. Elle dit :

– Bonne idée, ça.

Marie haussa l'épaule.

– Oui, mais comment l'y amener ? Je n'ai pas encore trouvé le moyen.

Khedidja regardait autour d'elle. Elle avisa l'ordinateur.

– C'est à monsieur ? Il s'en sert, monsieur ?

– Il tapote dessus tous les soirs.

– Alors il faut lire ce qu'il écrit.

Elles se regardèrent, les yeux noirs dans les yeux gris.

– Il met tout en code.

– C'est ce qu'il croit.

L'informaticienne Khedidja s'assit devant l'ordinateur. Au bout d'une heure, elle sortit de la transe dans laquelle elle était entrée. Elle ricana :

– Il croit que c'est des codes. C'est des codes pour les petits *akchich*. C'est des archives avec des listes de noms, où il cherche quelque chose. Et puis il écrit un roman.

– Maur ? Il écrit un roman ?

– Ce n'est pas vraiment un roman. C'est l'histoire de quelqu'un qui n'a pas de nom. « Il » pense que. « Il » prépare. « Il » achète. « Il » manigance… « Il » a une usine qui ne marche pas très bien. Mais « il » a une femme qui est très riche. Alors « il » décide de la tuer. « Il » ne veut pas le faire lui-même. « Il » cherche un tueur dans les gens qu'il connaît.

Khedidja lut à haute voix : « Dans la majorité des cas, et sauf circonstances exceptionnelles, on ne s'improvise pas tueur : c'est un goût, et l'idéal est de trouver quelqu'un qui a ce goût-là. »

– Comment ça se termine ?

– Ce n'est pas encore fini.

Les deux femmes se regardèrent de nouveau. Leurs yeux avaient quelque peu changé de couleur. Khedidja fut engagée. Elle passait l'aspirateur et le plumeau. Elle briquait les sanitaires. Elle servait quelquefois à table. Et elle lisait tous les jours le journal codé et surcodé de Monsieur, dont elle tirait des disquettes par précaution.

– Maintenant, « il » est sur la trace d'un tueur et « il » veut en faire l'amant de sa femme pour que le mec ait un motif.

Marie aspira beaucoup d'air. Dans son outrecuidante naïveté, Maur éprouvait le besoin de se raconter sa propre histoire pour en trouver les solutions… Et elle, qui ne se sentait toujours pas « nettoyée », allait devoir prendre un amant, parce que, dans le fond, Maur avait raison : tuer, c'est un goût, et si elle voulait qu'il mourût sans avoir à l'exécuter elle-même, quoi de plus congru que d'engager pour lui le tueur qu'il aurait trouvé pour elle ?

– Khedidja, crois-tu en Dieu ? demanda-t-elle.

– Moi, non, dit Khedidja. Mais Lui, il en a rien à cirer.

Tous les jours, maintenant, Marie allait s'agenouiller sur le Beni-Izguen, qui retrouvait ainsi, de la façon la plus imprévue, son dessein et son destin.

– Allah, priait-elle, donne-moi la force de faire justice.

Chapitre XXX

– Et voilà, dit Marie, ayant terminé son récit dans la nuit. Maintenant, tu sais.

Elle appuya sur le commutateur, et la fenêtre de la chambre devint une vitrine illuminée au milieu de la nuit.

Marie et Maur apparurent tous les deux au bout du fusil de Serge. Un instant, il eut encore la maîtrise du choix, qui est la seule maîtrise. Mais sa décision était prise. Il enserra la tête de Maur dans le réticule de la carabine et pressa sur la détente comme sur une éponge.

Au même instant, il ressentit une profonde nausée qui lui souleva les entrailles, mais il la contint en bloquant sa respiration et eut la satisfaction de voir un rond rouge se dessiner en plein milieu du front de Michel Turot, dit Mimi, dit Si Mimi, alias Maur Theyssandier.

Une bonne chose de faite.

*

* *

Après, il y a deux versions.

*
* *

La première dit ceci :

La bouche de Serge était complètement sèche, son cœur battait la chamade, il avait du mal à s'empêcher de trembler et une sorte de délire commençait à s'emparer de lui, mais ce délire lui fit soudain entrevoir la vérité : il était empoisonné. Par qui ? Ce devait être par Marie, qui n'avait jamais pensé l'épouser, qui s'était servie de lui pour assassiner son mari, et qui avait trouvé ce moyen de se débarrasser définitivement de lui.

– Toutes les mêmes. Mais tu crèveras aussi, salope.

Il trouva la force de manœuvrer encore une fois la culasse de la carabine, et un rond rouge se dessina aussi au milieu du front de Marie.

Puis la carabine échappa aux mains de Serge Maltèse. Il s'effondra.

Et le Destin dénoua son nœud.

*
* *

Mais il y a une autre version, qui dit que le délire n'éclaira nullement Serge Maltèse et qu'il mourut sans comprendre ce qui lui arrivait. Quant à Marie…

Chapitre XXXI

Marie marcha dans la nuit. Elle avait emporté une torche électrique. Elle connaissait le chemin. Elle rencontra une biche et lui fit peur. Elle sentit au-dessus d'elle frémir le vol d'une chouette. Elle avait quinze kilomètres à faire : trois heures en marchant d'un bon pas.

Dans sa tête, elle récapitula toutes les précautions prises. On retrouverait un de ces jours les deux cadavres. Que Maur eût été tué par Serge, cela ne ferait pas de doute pour la gendarmerie qui enquêterait. Elle voudrait savoir de quoi était mort Serge. Il y aurait autopsie. On retrouverait les gobelets de vermeil et sans doute les traces du poison dans l'un des deux. Maur n'aurait laissé ses empreintes digitales sur aucun des deux gobelets. Cela même paraîtrait suspect. Quant à elle… elle n'aurait jamais fait le voyage avec les deux hommes.

Elle marchait toujours.

La voûte nocturne se fendilla. Les étoiles blêmissaient. Une brise souffla. Une rougeur marbra l'est. Les oiseaux commençaient à pépier.

Quand Marie arriva à Estreyssac, les coqs chantaient, mais personne n'était levé. Elle connaissait les aîtres. Roger ne fermait jamais à clef quand il était là. Il aimait à dire qu'en fait de serrure il préférait le fusil de chasse.

Elle poussa la lourde porte qui était là depuis deux siècles, depuis avant la Révolution.

Elle entra dans le vestibule, qui sentait les pommes séchées.

Elle monta l'escalier, caressant la rampe polie par des centaines de mains.

Elle suivit le couloir. Elle s'arrêta un instant. Elle tourna la poignée de cuivre ovale, pointue aux deux bouts.

Le soleil levant inondait la chambre de Roger d'Estreyssac, aux rideaux ouverts. On aurait dit le premier matin du monde.

Il s'éveilla dans le large lit où il était né et se souleva sur un coude, ayant repris conscience en un quart de seconde, braquant ses yeux noisette, interrogatifs, sur Marie, un poil roussâtre moussant dans l'échancrure de son pyjama.

– Alors, lui dit-il, vous êtes nettoyée ?

Elle inclina la tête, susurrant :

– Bien sûr.

Elle vint s'asseoir au bord de son lit. Il ne bougeait pas encore, craignant de commettre une gaffe.

– Je viens vous demander un alibi, Roger.

– Je m'en doutais. Votre coup de téléphone. Vous m'aviez demandé d'aller faire un tour en voiture hier soir, quand Ernestine serait couchée.

– Vous avez dû vous poser des questions ?

Il secoua la tête :

– Cela aurait servi à quoi ?

– Je suis arrivée hier soir. Vous êtes allé me chercher

à la gare de Périgueux. J'ai mon billet composté. Il n'a pas été contrôlé. Cela arrive. Vous comprenez.

– Vous êtes arrivée hier soir, Marie ? Et vous venez pour rester ?

Il la regardait avec une telle tendresse, une telle reconnaissance déjà !

Elle dit :

– Bien sûr.

Il sourit de toutes ses radieuses taches de rousseur qui lui coururent par le visage comme une lumière nouvelle.

– Mais alors nous avons du temps à rattraper ! Pour que l'alibi soit valable...

Doutant encore de son bonheur, il avait un œil respectueux et l'autre coquin.

– Attends, attends.

Elle se recula.

– Je veux d'abord que tu saches qui je suis.

Elle lui raconta.

Il s'était adossé à son oreiller, les bras croisés. Il écoutait.

– Bon, dit-il d'un ton réfléchi, quand elle eut fini. Moi, ça ne m'empêchera pas de dormir. Serge n'est rien pour moi. Votre Maur, j'ai eu cent fois envie de l'amaurtir définitivement moi-même. Moi, je n'ai pas l'intention d'assassiner vos parents adoptifs ni de vous violer sans votre consentement. Je vais donc me sentir en sécurité. Mais vous, vous n'allez pas déprimer dans six semaines ? Ou vouloir aller à confesse ? Ou vous mettre à engraisser les psychiatres ? Parce que alors là... Quand on prend des décisions pareilles, il faut savoir assumer. Ça s'est passé quand ? Il y a vingt ans ?

– Environ, Roger.

– Et vous n'avez jamais eu la tentation de pardonner ?

– Non. Le pardon des offenses, c'est un truc de chrétien. Nous autres, nous aimons la justice par-dessus tout.

Roger n'était pas d'humeur théologique. Les yeux noisette demandèrent :

– Je peux ?

Et les yeux gris répondirent :

– Bien sûr.

Impression réalisée sur CAMERON par

BUSSIÈRE CAMEDAN IMPRIMERIES

GROUPE CPI

à Saint-Amand-Montrond (Cher)
en mai 2002

Éditions du Rocher
28, rue Comte-Félix-Gastaldi
Monaco

Dépôt légal : mai 2002
N° d'Édition : CNE section commerce et industrie Monaco 19023
N° d'Impression : 022413/1.

Imprimé en France